角田光代
吉田修一
村山由佳
柚月裕子
保坂和志
養老孟司

NHK
ネコメンタリー
猫も、杓子も。

もの書く人のかたわらには、いつも猫がいた

河出書房新社

目次

1 はじめての猫

2 いつでも猫

3 これからも猫

構成●鈴木正幸
編集協力●中島宏枝（風日舎）

はじめての猫

PIERRE HARDY

角田光代と
トト

初対面の西原さんから猫をもらうことに

――トトは角田さんにとって初めての猫なんですね。

はい。私にとっては、人生で初めて一緒に暮らす猫です。

漫画家の西原理恵子《さいばらりえこ》さんと一緒に飲むことになって、何人かで集まった時に、初対面の西原さんから唐突に「猫いる?」って聞かれたんですね。「欲しいです」と言うと、「じゃあ、生まれたらあげる。七番目ね」ということになった。

西原さんはアメリカンショートヘアを二匹飼っていて、子猫をもらう約束をしている人が、すでに六人いたんです。だから、私は整理券が七番で、七番目の子が生まれたらということになりました。

当時は、猫が七匹も子どもを産むものなのかわからないし、はじめはちょっと半信半疑でした。二〇一〇年の一月六日に、七匹目の赤ちゃんが生まれたということで、我が家に迎えることになったんです。

――どんな性格でしょう？

非常に寛容でやさしいんですが、ちょっと暗めというか、溌剌《はつらつ》としたところがないというか、「じっとり」している猫ですね。遊んでほしい時や、ドアを開けてほしい時、たぶん他の猫なら自分でドアを開けたり、大きい声で「遊んで」と意思表示すると思いますが、トトはじいっと座ってうつむいている。

気づいてもらえるのを待っているんでしょうね。それで気づいてもらえないと、ようやく本当にちっちゃな声で鳴く。そういうところで暗いなと感じますね。なんていうか、「ご飯！」みたいな強力な主張がないんです。自分と夫によく似ているなと思います。

夫婦ふたりの共通の記憶で、私は幼稚園の時、夫は小学生の時かな、「何も言えない」というのがあったんです。私はお腹が痛いというのが、保育園でどうしても言えなくて、家に帰って吐いたことがあるし、ブランコから落ちてものすごく痛いんだけど、先生に言えなくて、職員室のドアの前でずっと待っていたこともありました。

細かいことは忘れてしまったんですが、夫も何かの理由で遅刻してしまって、教室に入れずドアの前でじっと待っていたことがあるそうです。そういうところが全員共通。私たちに似たんだと思います。

自分からアクションを起こすことができない感じですかね。注目されるのも嫌だし、声を発するのも嫌という。もうちょっと大人になれば自分でドアを開けたり、先生に何か言うことを覚えたり、スキルが身につくんですけど、何も言えないという、じっとりした部分を私も彼もいまだに持っています。

トトが変えた私の生活

――猫を見る目って変わりましたか?

トトが来るまで、私は猫を飼ったことがなかったので、猫というものがただの概念だったんです。概念としてのツバメみたいな感じと一緒ですね。だから、猫といったら、顔もみんな同じだし、ただ単に猫というだけだった。

実際に飼ってみると、顔も違えば性格も違う、コミュニケーションもとれる。概念としての猫がビフォアで、アフターは身近な個として感じられるようになりました。

顔が違うということがわかると、こちらのことも覚えてくれますしね。アフターキャットの変化だと、歩いている時に、落ちている雑巾《ぞうきん》やペンキの汚れなどが猫に見えることがあるんです。「ニ

ャー」なんて言って近づいてみたら、正体は雑巾だったりということがすごくよくあります。
トトは、スースーと小さい子みたいな感じで寝息を立てるんです。なんでもないことなんですけど、それを聞いていると幸せっていうのはこういうことかなって考えますよね（笑）。

――トトは手がかからない感じですね？

それが、出張に行った時のことなんですが、「トトが甘えのかぎり、わがままのかぎりを尽くしていて、気に入らないご飯の部分を器の外に掻《か》き出《だ》すことまでしている」と家人から連絡があったんです。それで、食事をする時間も取れない弾丸取材旅行を終えて帰宅してみたら、「あんただれ？べつにあんたがいなくて、ぜんっぜん平気だったけど」という無言の圧力で私から離れていきました（笑）。

夜更けにおやつを要求されて、しゃがんで用意をしていたら、「ほら早く」と言わんばかりにトトが催促するようにおやつ袋に右手をのばしたこともありました。

で、そのあとハタと「あ、そういえば私、猫だった。猫はこんなふうに催促しないんだった」という顔をして、右手を引っ込めてちょこんと座ったんですよ。その「あ、私猫だった」って表情には、すごくびっくりしましたね。

――自分自身が変わったなと思う部分はありますか？

私は、同じことを繰り返すのが日常だと思っているんですね。ライフスタイルが変わらないことが必要というか、変わらずに繰り返していられることが、自分にとって暮らしやすいと思っているんでしょうね。旅行は全く別です。趣味ですから。

トトが来て生活は当然変わりました。猫がいることが普通になるので、今度はそっちが変わってほしくないと思うようになりました。以前は、家を空けたりすることもそんなにかまわなかったし、自分本位でした。でも、猫がいると、世話をするということが最優先になりますよね。

命があるものだし、自分では何もできないじゃないですか。猫缶を開けたり、水を取り替えたり、自分のトイレを掃除したり、そういうことが何もできないんですよ。ボールをくわえるくらいしかできない（笑）。

保坂和志さんが書かれたエッセイに、自分以外の力のないもの、子どもでも動物でもいいけれども、自分以外の何かに気持ちが集中することがないと、人というのはすごくつらいのかもしれない、というような文章があって、すごく納得したんですよね。

上手く説明ができないんですが、トトが来る前の私は自分中心の暮らしだったし、仕事がすごく大事なので、仕事優先で「私が私が」という感じで暮らしていたんだと思うんです。でも、そのままではきっとつらかったんだと思う。

トトが来て、何か自分以外のことに心を持っていけるようになったことが、自分にはすごく良かった。

何もない時だったらいいと思うんですよね、自分中心で。ただ、何かがすごくつらい時や、自分自身どうしていいかわからないようなことに直面した時に、自分のことだけだと、そのつらいことに全身で向かっていかないといけない。それがしんどいのかなって思うんですよね。

すごくつらいことがあった時でも、「今、私はこの問題に直面しているけど、とりあえずトトにご飯をあげなきゃ」というふうに、気持ちの逃し方がある。それで楽になれるのかなと思います。

書く上で自分に課しているルール

――初めて書いた小説を覚えていますか？

書き始めたのは大学二年生の時でした。それまでは作家になりたいという気持ちだけだったので、どうやって書けばいいのかわからなかった。創作科というのがある大学に行けば教えてもらえると思っていたんです。それで、一年生の時にはそのクラスがなくて、二年生で初めて創作科に行って、小説を書くという宿題が出て、それで初めて書いたんです。だから、書き始めたのは結構遅いほうだと思います。

ついこの前、その頃の先生が私が二十歳の頃に書いた小説を持ってきてくれたんです。今と似てはいるけど、もうちょっと自分が考えている、小説ってこんなものでしょうっていう幅が小さいんです。

今なら小説ってこんなものだって言えないくらい、その幅が大きなものだってことがわかるんですけど、二十歳ぐらいの時は小説ってこれくらいのもので、だからこれくらいのことをやれば小説になるっていうふうに思っていた。そういう考えがプンプンする小説でした。

――小説を書く上で大切にしていることはありますか?

フィクションというのは作りごとなんですけど、その作りごとをする時に、作りごとなりのルールを作らないと小説がガタガタになると思っているんです。作りごとをする時に「ズル」をしないというのが私のルールですね。

言いかえると、ご都合主義みたいなことですかね。たとえば、この場面でこの子が死ねば、結構近道というのか、登場人物を一人減らすことで話が前に進められたり、人々がわかりあったり。それなら書きやすいからと、そうすることは私の中ではズルなんです。

それは近道過ぎるんですね。この人が一人いなくなるという嘘をつくためには、全部必然で固めないといけないから。やっぱり、いなくなる理由を、安易な方法を使わずに、なんとか作らないといけない。いなくならずに話を進める方法も考える。とにかく近道以外の道を探すというのが、私の中でズルをしないっていうことなんです。

このズルをする・しないという話になると、私のことをすごくストイックとか潔癖と言ってくれる人もいるんだけど、実はそうじゃないんです。ズルをするかしないかというのは、自分にしかわからないことでしょう。

本当に自分しかわからないですよね。たとえば五年前の小説を書いていた時は、これは絶対にズルじゃないって思って、何度も何度も考えたはずなんです。でも、今になって考えるとズルしたなあって、見方が変わったりしますね。だから、ズルをするかしないかよりも、何をズルしたかって、自分にしかわからない嗅覚を持つのが大変なんです。

人の作品だと、ズルかそうでないかは割とどうでもよく思えるんです。ただ、人が死ぬということに関しては、小説家としてデビューした最初から、人の死は絶対に丁寧に扱うと決めていました。読者を泣かすためだけに、登場人物を安易に殺さないと。人が死ねば、人は泣くんです。ずいぶん安易に人が死ぬなあ、泣かせようとしているなあ、と思いながらも、泣くことはできる。

——そんなふうに執筆している間、トトはどうしているんでしょう?

書く時はトトのいる自宅ではなく、仕事場に通っているんです。トトが来たからではなく、ずいぶん前からですね。

三十代前半の頃は、自宅の和室を仕事部屋にしていたんですけど、物をしまうと忘れてしまうので、しまわずに全部出していたら、床が見えないほど散らかって、「開かずの間」になってしまう。でも、ずっと開かずの間にするのはどうかと思って、その荷物を全部外に持っていけばどうだろうって、仕事場を借りたのが最初です。結果的に、家に帰っても仕事のことをあまり考えなくて済むようになって、メリハリがつくようになりました。

仕事を終えて帰ると、ドアを開ける前に中からトトの鳴き声が聞こえるんです。そうすると、つい気がはやり、急いでドアの鍵を開けてしまいます。

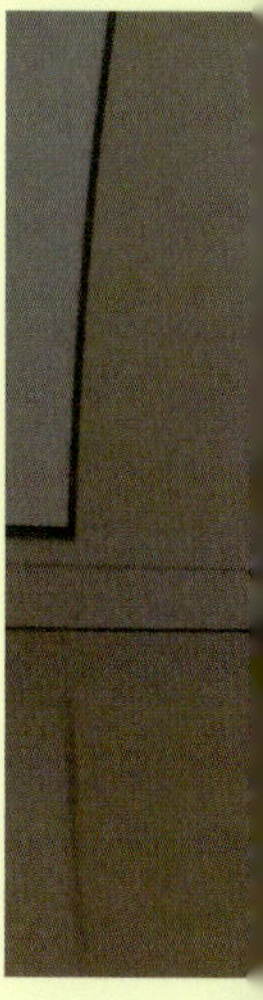

［小説］任務十八年

角田光代

さて、任務が終わったので帰ることとなった。借りていた衣を脱いで、もといた場所に帰る。

この衣をすっかり脱いでしまったら、私たちはニンゲン界とは無関係になる。本来私は、時間という概念を持たないから、今より先のことを考えたりはしないのだけれど、私たちの派遣先であるニンゲンは、今より先のこと、今より昔のことをくり返しくり返し考える生き物だ。今、起きていないことや存在していないものを思い描いては、こわがったり不安になったりしている。ずっと前にやったことや起きたことを思い出しては、後悔したり落ちこんだりする。先のことも前のことも考えなければいいのに、それはどうしてもできないみたいだ。だからきっと、私の任務先であったニンゲン、さくらさんも、私がやってきた当初から私がいなくなることを思い描いていた。私の帰還後は、きっと愚かにも後悔したり泣いたりするのに違いない。

私たちはそれぞれ任務を受けて衣を借りて、担当のニンゲンのところに向かう。ひとりでいくこともあれば、きょうだいや親子でいくこともある。目が合って念を送ると、狙い通りニンゲンは私たちをいともたやすく家に招き入れる。そうして私たちはそれぞれ定められた任務期間、そのニンゲンと暮らし、定められた課報《ちょうほう》・謀略《ぼうりゃく》活動を行う。課報は報告書を提出すること。謀略は、ともかく自分の力ではなんにもしないこと。なんでもニンゲンにやってもらうこと。課報とか謀略とか言葉は悪いが、私たちが基本的に行っているのは平和的活動だ。その証拠に、私たちを迎え入れたニンゲンは九割がた平和的行動をするようになる。善良なニンゲンになるわけではないが、ちいさな生き物にたいしてだけは平和的な心になる。私たちが額から発する睡眠誘発剤を無自覚に吸ってすやすや眠りこむだけで、ニンゲンの心は平和になるのだ。

任務は三年のこともあるし二十年以上にわたることもある。私の場合は十八年だった。十八年、いろいろあった……と言いたいところだけれど、私には今より前のことを考えることができないから、覚えていない。私を迎えたときのさくらさんはおばさんだったけれど、この任務期間中におばあさんになった。すっかり平和的なおばあさんだ。帰ったら私はこの功績をたたえられて表彰されるだろう。

それではさくらさん、さようなら。さようなら、ありがとう。

衣を脱いで、帰っていくあいだ、背を丸めて私の脱いだ衣を抱きかかえて、わおんわおんと吠《ほ》えるように泣きながら、私の名前を呼ぶさくらさんの声が聞こえていた。

思ったとおり、私は十八年の功績を評価されて、表彰され、ご褒美に休暇をもらうこととなった。私は少し考えたのだけれど、休暇を返上し、任務の成果を視察したいと願い出た。平和的なおばあさんになったさくらさんは、私がいなくなって、凶悪なおばあさんになっていないか視察したい。本来ならば、任務を離れたばかりのニンゲンの元へ戻ることは許可されない。けれどもたぶん、私の功績が認められ、その視察目的も納得のいくものだったのだろう、許可が下りた。一日だけ。

灰色の、汚れた外用の衣を借りて、私はふたたび、住み慣れた町へと降りていき、赤い屋根のちいさなおうちの前にたどり着く。見つかったらいけない。あくまで視察なのだ。

しばらくするとドアが開いておばあさんが出てきた。さくらさん。買いものにいくのだ。前より背中を丸めて、しょんぼりとして、足取りも重い。なんだか凶悪になっている気がする。収集前のゴミを蹴《け》ったり、ちいさな生き物に石を投げつけたりするのではないか。そうしたら私の十八年もの任務がパーだ。見つからないように、こっそりあとをつける。公園を通りすぎたところでさくらさんが足を止める。

じっと何かを見る。知っている。電信柱の下にずっと前から付着しているペンキが、私か、私の仲間に見えるのだ。まったく同じ場所なのに、さくらさんは何度でも見間違いをして足を止める。そして間違いに気づいて、なんだペンキか、と笑って立ち去るのだ。

でもこのときは、立ち去らず、その電信柱に近づいていく。私でも、私の仲間でもない、ただのペンキの汚れだとわかっているのに近づいて、しゃがむ。蹴るのか、唾を吐くのか。注視していると、さくらさんはそっと手を伸ばし、ただのペンキあとをやさしく撫《な》でる。

びくりとする。その手の感触が、じかに触られたかと思うくらいはっきりわかったから。まるくて分厚くて、乾いていてあたたかい手のひら。背中を、耳の後ろを、額を、顎《あご》を包むように行き来する手のひら。私は今撫でられているかのようにさくらさんの手のひらの感じを思い出す。驚いたことに、それを合図のようにして、次々といろんなことがあふれ出してくる。ちいさなちいさな私を包んだ両手。頭をもたせかけて眠った、ふわふわのおなか。嫌いだったシャンプーの泡と、やわらかいシャワーのお湯。テーブルに乗り損ねて床に落ちて、それを見てはじけるように笑う声。毎日用意されるごはんと、おいしいねえと言う声。あたたかい陽射しのなかでの居眠り、混じり合う私たちの寝息。今、ただのペンキあとを撫でているさくらさんも、おんなじことを思い出しているのが私にはわかる。私を失ってあなたは凶悪になんかなっていない、何も恨んでも怒ってもいない。ただ、自分を満たすものをくり返し確認している。あくまで平和に。

ねえ、ねえ、きっといつか、また別の衣をまとってあなたのところへ派遣されるから待っていてよ、とものかげから私は言いそうになる。でも言わないのは、おんなじことをさくらさんもまた、思っていることがわかるから。さくらさんもいつかまた、私が自分のところに戻ってくると確信していることが、わかるから。

あれ？　私、今より前のことも先のことも、わからないはずなのに。なのに、思い出しているし、いつかわからない先のことを考えている。あ、そうか、私はニンゲンを視察したかったのではなくて、本当は、このことを知りたかったのだ。時間の概念がない私にも、「今」を作ってきた今までがあり、「今」が作るこの先があると、そのことを確かめたかったのだ。

さくらさんは、ペンキあとを撫でていた手をふと止めて、ふり返る。私は咄嗟《とっさ》にものかげに隠れる。見つからなかったはずだけれど、さくらさんは、十八年ずっと私に向けていたのと同じ顔でにいっと笑うと、立ち上がり、青空の下、歩いていく。

吉田修一と金ちゃん銀ちゃん

動の金ちゃん、静の銀ちゃん

——金ちゃんと銀ちゃんはどんな猫ですか?

金太郎がベンガルで、銀太郎がスコティッシュフォールドです。どちらも七歳のオスです。通称、金ちゃん、銀ちゃん。金ちゃんは好奇心旺盛で活動的、遊ぶのが大好き。そしてとにかく甘えん坊。銀ちゃんは、おっとりした性格で、良くも悪くも唯我独尊。とにかく動じません。基本的には、二匹でケンカしながら走り回っているか、一緒に寝ていますね。

僕がソファに座るとお腹の上に乗って来るし、仕事をしている時もゲラの上に乗って邪魔したりします。ずっとそばから離れません。

銀ちゃんの最近のマイブームは、風呂場のバスタブの中でオシッコすることなんです。僕がいない時にするわけじゃなくて、「これからしますよ」という顔をするから付いて行くと、している。わかりやすいんです。もちろん、そんなことしたらダメなんでしょうけど、まあシャワーで流せばいいから(笑)。

たぶんイタズラなんでしょう。仕事みたいなものですよ。イタズラくらいしかやることないじゃないですか。迷惑かけるのが仕事みたいなもんですからね（笑）。

——初めての猫で生活は変わりましたか？

二匹が来るまで僕は猫の物語なんて当然書いたことがないんです。でも今は、「翼の王国」（ANAの機内誌）で割と猫のことを書いたりしている。不思議ですよ。二匹がいない生活なんて今では考えられない。

飼い始めた時は、どう扱っていいか全然わからなくて、とにかく心配していたんです。心配するのが愛情だと思い込んでいて。二泊で温泉に出かけたけど、途中で帰ってきてしまったこともありました。心配で心配で、温泉どころじゃなくなってしまった（笑）。

二泊くらいだったら猫は大丈夫だと聞いていたから、餌や水、トイレなんかも留守用に整えて、それで出かけたんですけどね。バカみたいですよね。

でも今は心配より、信頼ですかね。二匹に不安を与えない。これだけですね。とにかくあとはもう一緒にいるだけでいい。

親子というより友達。しかも昼寝仲間

――二匹に癒《いや》されていますか？

でしょうね。猫には猫の世界があって、じゃれ合って走り回ったりしている。それを見ているのが何より楽しいですね。

でも、友達の割には結構奉仕してるなあ。二匹にとって自分はなんなのかといえば、昼寝仲間程度じゃないんですかね。

僕自身は金と銀以外は飼ったことがないので、本当に手探りですよ。相性がいいのかどうかもわからない。でも、なんていえばいいのかな、金銀に関しては、なんの役割も負《お》わせないようにしようとは思ってて。

自分の寂しさや孤独を押しつけないというか。本当にいてくれるだけでいい。

僕自身、お父さんやお母さんみたいな感じではないし、金銀が子どもという感覚でもない。たとえば、帰宅したら迎えに来て欲しいとかね。そういう役割はないと思う。

期待しないというんじゃなくて、そのままでいいというか。猫たちに「お帰り」って言って欲し

いわけじゃないし、励まして欲しいわけじゃない。でも、なんかやっぱり好きってことで、こちらも和《なご》むんでしょうね。なんの役割もないかといえば、もちろん、そんなことはないんですが、もしそれが果たせなくてもいいかなと。

僕は公園に行って風に揺れる樹々を見ているのが好きなんです。それと一緒ですね。二匹が目の前でちょろちょろしているのをずっと見ていても全然見飽きない。たぶん向こうも、自分の周りでうろちょろしている人間がいて見飽きないんだろうなって思います。

日々生きていることが小説の稽古

――デビューして二十年ですね。

そうですね。作家になろうとして書き始めたわけじゃなく、最初は小説を書いてみたいという純粋な気持ちだけで、作家になりたいとか作家になれるとも思っていなかった。

でも書いたら読んで欲しいじゃないですか。それで文學界新人賞に応募したのが『Ｗａｔｅｒ』という作品です。賞は獲れませんでしたけど、翌年、『最後の息子』で、文學界新人賞をもらいました。その二年後、自分の本が出た時に、こうして作家として生きていけたらいいなと思ったのは確かですね。

むしろ、その後のほうが大変でしたね。続けるということが、こんなに大変なんだって受賞後にわかったんです。デビューから五年くらいで芥川賞をいただいたんですけど、その五年間よりも、もらってからのほうが大変ですもん。

デビューして最初の頃は、原稿が赤字で真っ赤になっていました。何を書いてもボツ。編集者から「ダメ、雑誌には載らない」って。でも、性格的にあつかましいのか、これがダメなら次を書こうという気持ちになれたんです。それが良かったんでしょうね。

――書き続けることができたんですね。

応援してくれる編集者の存在が大きいですね。修業をさせてくれているなと思っていました。いい小説を書くための稽古《けいこ》や練習があるんだったら、いくらでもなんでもやりたいんですけど、そんなものないでしょう？　毎日5キロ走れば小説が上手くなるなら、そりゃ走りますよ。

たとえば、どこかに旅行に行くにしても、半分プライベート半分仕事みたいな感じでしょう。だから、日々生きていることが小説の稽古。そんなふうだから、猫と遊ぶのも小説の稽古じゃないですかね。

芥川賞をもらった時に、先輩の作家に「今の時期は来た仕事は全部受けなさい」と言われて、その通りにしたんです。後になってから、書くことは肉体労働的な部分が結構あって、自分がどれだけやれるのか試してみろということだったんだなとわかった。今にしてみれば、やっておいて良かったと思います。

――作品とご自身のイメージにギャップがあると思いますが。

でも、やっぱり小説はいくら抗《あらが》っても自分が出ますよね。たぶんそれが小説なんだと思う。でも、自分が勝手につくっている世界で、どうにでもできるはずなんですけど、書いていると登場人物たちも抗う。いくら作者とはいえ、こっちの力は及ばない。本当に不思議です。だから、自分を取っ払ってしまうと、いろんなものが見えてくる。特に最近それを感じますね。俳優の役作りに少し似ていますね。

書いている間は、その世界の人間になっているんですよ。だから、登場人物と同じように、たとえばバカラ賭博《とばく》で自分が何百億も借金をしている感じで朝目が覚めるんです。もちろん、そんな経験はないのに、最悪の気分ですよ。そういう時は、自分がなくなっているんでしょうね。

依頼されなくても、書く

――作家以外の仕事は考えたことはないんですか?

たぶん、他の仕事は何もできないでしょうね。本当にそう思う。いろんなアルバイトをしていたけれど、酒を飲んだ次の日は、遅刻して昼出勤なんかしょっちゅう。クビになって何も続かなかった。可愛がってくれる人がいれば半年くらいはもつんですが、そうじゃなければすぐにクビでしたね。

二十八歳でデビューするまで、ほぼ働いていないんです。いろんな人に世話になってきたから、「きちんとしなきゃ」という声が今でも自分の中でずっと鳴り響いている。

この世界はそんな自分のような人間でもいさせてくれる、やさしい世界ではあるけれど、作品が良くなければダメなわけですから、そこは必死です。

もちろん、これで食べているので仕事なんですが、作家が仕事という感覚は、他の人に比べると少ないみたいです。小説を書くのは何があってもやめないと思いますよ。誰にも頼まれなくても書くと思います。もともと誰からも求められていない時に書いていたわけだし、そういう欲求はまだあると思います。

小説が上手くなりたいという気持ちも大きいですよ。チヤホヤされたり目立つより、いい小説が書けたほうが嬉しいでしょう。

サッカー選手の三浦知良《みうらかずよし》さんと中田英寿《なかたひでとし》さんの対談で、「シュートやドリブルが上手い選手はいるけど、サッカーが上手い人がいない」というような発言をされていたのを覚えているんですけど、いい小説ってそういうことだと思いますね。サッカーが上手いというのは、いろいろなことを含むじゃないですか。


――金ちゃん銀ちゃんと出会って小説は変わりましたか？


影響はあると思います。でも、どういう影響かはわからない。単純に二匹がいなかった時に比べたら、猫だけじゃなくて動物を見る目は変わりましたね。それまでは、見てもいなかった。以前は外で猫を見かけても眼中になかったけど、飼うようになってからは、気になります。

あと、飼い猫の話をしている時って、その人の生きるスタンスがすごく伝わってくる気がします。猫の話をしているだけでも、ものの考え方って伝わってくるじゃないですか。

それを小説でやると難しいのかな。たとえば役者さんが演技論を語るでしょう。はっきり言って、

僕らにはその真意や感覚的なことは正確にわからないですからね。

だから、小説とは作家とは何かということを僕がこうでああでと説明したところで、小説家でない人にはなんとなくぼんやりとしか伝わらないんじゃないかな。だから、「作家とは?」ということを語るより、猫とどう暮らしているかを語ったほうが伝わるというか。

——芥川賞の選考委員もしていますね。

今、選考委員の中に山田詠美さん、島田雅彦さん、奥泉光さんと、僕を新人賞に選んでくれた方々がいらっしゃる。その中に入っているのは、自分でもなんだか不思議な感じです。

あと、最近はなかなか若い人の作品を読まなくなっているので、半年に一度、選《え》りすぐりの新人作家の作品をまとめて読めるというのは刺激になりますね。毎回楽しみにしてます。本を読んでいると、必ず金銀がべったりとそばに寄って来るので、最近の芥川賞作品はもれなく二匹も読んでますね。

重さと匂いが好き

――吉田さんと金ちゃんや銀ちゃんは似ているところがありますか？

高校生くらいまでかな、休み時間にずっと一点を見ていたりしていたんです。消しゴムだったり、前に座ってる人の上靴だったり。それをいろんな友達に言われて、からかわれていました。だから、銀ちゃんとぴたっと合うのかな。銀ちゃんと一緒に一点を見つめていても、負けない自信ありますよ。猫もよくボーッと何か見ているでしょう。

金ちゃんほど活発ではないですが、週に一、二回はジムに行ったりしますよ。そうしないと体調が悪くなってくる。家で小説を書いていると、本当に動かないですから。

仕事が終わってから、夜寝る前なんかに一時間くらいドライブにもよく行きます。仕事のあとは興奮しているのか、クールダウンしないと眠れないんですよ。何も考えずに、運転だけしているのがいいんじゃないですかね。

ドライブもそうですけど、散歩して歩き回ったりすると、小説のタイトルが見つかることもある。タイトルって本当に大変なんです。タイトルは「思いつく」とか、「つける」って感覚じゃなくて、どこかにあるものを「探し出す」という感じなんです。宝探しみたいに。たとえば、甲州街道を車で走ってたりするとね、見つかるんですよ。

――吉田さんにとって猫はなんでしょう?

今回取材を受けた時に、猫に全然話しかけないって言われたのが結構衝撃でしたね。言われてみれば、帰った時に抱き上げたりはするけれど、「行ってきます」とか言わないな。

なんで猫が好きなんだろうって、あんまり考えたこともなかったんですけど、結論としては、重さと匂いですね。四キロくらいのほどよい重みがお腹の上に乗ってきたり、抱っこしたりした時の感触がちょうどいい。

匂いに関しては、銀ちゃんは赤ちゃんの唾《つば》みたいな匂い。金ちゃんのほうは、ミルクティーのような匂いがするんです。これだと思いますね。

SHARP
3:44 29℃ 39%

川端康成全集
PARADE
VILLAIN

［エッセイ］拝啓　金ちゃん銀ちゃん

吉田修一

まず銀ちゃんが我が家へやってきた。銀色だから銀ちゃんではなく、銀座から来たから銀ちゃんだった。

初めてうちにきた日、銀ちゃんは、ソファで寝ていた私の腹の上に這い上がってくると、そこでスヤスヤと寝息を立てた。

まだ本当に小さくて、手のひらに載るくらいで、そして、とても安心していた。世の中の何もかもを信じきっているような寝顔だった。

二週間後、今度は金ちゃんがやってきた。金色だから金ちゃんなのだが、実は錦糸町からきた猫でもある。

初めてきた日、金ちゃんは一晩中、鳴き続けた。抱こうとしても暴れ、餌も食べず水も飲まず、ベッドの下から出てこなかった。とにかく一晩中、悲しげな声で鳴き続け、世の中の何もかもを信じるものかと、その小さな体で必死に訴えていた。

それでも君たちがいる暮らしというものが当たりまえになるのに、そう時間はかからなかった。

君たちに教えてもらったことも山ほどある。

まず、昼寝がそうだ。

実は、君たちがくるまで私は昼寝が苦手だった。昼寝をすると、なぜか必ず頭が痛くなった。それが今では、昼下がりに川の字で寝るのが日常となっている。春はひなたで、夏は扇風機にあたって、秋は毛布にくるまり、冬はストーブのまえに寝転んで。こんなに幸福な時間があることを教えてくれたのは君たちだ。

考えてみれば、君たちと暮らし始めてもう七年になる。七年にもなるのに、私はまだ君たちのことがまったく分からない。

何を考えているのか、楽しいのか、退屈なのか、そして、ちゃんと幸せなのか。だけど、君たちのことを分かったふりをすることはやめておこうと思う。お互いに分かり合えないまま一生を共にするなんて、なんだか分かり合えている間柄よりかっこいい。

そういえば、私には一つ自慢できることがある。それは、まだ君たちに一度も嘘をついたことがないということだ。

白状すると、そんな相手は君たち以外には誰もいない。

人間、生きていれば、好きでもないのに好きだと言ったり、飲みたくもない酒を飲んだり、泣きたいのに我慢したり、そんなことばかりやっている。嫌いな人にはもちろん、愛している人にだって嘘をつく。

たぶん、私はこれからも君たちに嘘をつくことはない。そんな関係で一生を終えられるのは、きっと君たちだけだと思う。
金ちゃん、銀ちゃん、
いつも正直でいてくれてありがとう。
いつも正直でいさせてくれてありがとう。

いつでも猫

2

村山由佳ともみじ

五匹の誘眠動物と暮らす

――村山家の猫たちを紹介してください。

もみじ十七歳（放映後の二〇一八年三月永眠）、青磁《せいじ》九歳、楓《かえで》とサスケ三歳、銀次《ぎんじ》九歳です。

軽井沢に来た時は、もみじと銀次しかいなかったんです。でも若い頃の銀次は、ジャイアンみたいなガキ大将だったので、老いてゆくもみじの手には負えなくて。それで、楓とサスケの兄妹を、近所のスーパーの張り紙で見て引き取ることにしました。

子猫を迎えたら、銀次がすごく大人になりましたね。楓もサスケも銀次おじさんにベタベタで、暑い時でもくっついて寝ています。親だと思ってるみたい。人懐《ひとなつ》こさで言ったら、銀次は、前世はゴールデンレトリバーとか、犬ですよ絶対。今は彼の懐《ふところ》の深さにすごく救われています。私の父亡きあと引き取った青磁を、最初に受け入れてくれたのも銀次でした。

みんなそれぞれに性格が違いますよ。楓は全身女の子。「私を見て見て」って感じ。小柄で敏捷《びんしょう》でね。サスケはビビリの甘えん坊。青磁は見た目こそ貴公子タイプですが、性格は少し屈折してる。銀次は撮影の人が来ると必ずカメラに映りたがります。

――もみじとは十七年間の付き合いですね？

もみじは、私がその親猫の手を握って産ませました。ちゅるっとした葛餅《くずもち》みたいな姿で出てきた時から知っている猫なので、今までたくさん猫を飼いましたけど、どの子とも違います。十七年間、本当にいろんな時期を一緒に過ごしたから。私の全部を知っていますし。

最初の旦那さんは猫が大嫌いだったんですが、たまたま一匹の猫が迷い込んで来たのをきっかけに猫を受け入れるようになりました。猫の可愛さとか魅力がわかるようになって。外猫から始まって三年目にして、親子三代目の猫がもみじとその姉妹たちだったんです。

春夏秋冬にちなんだ名前で「かすみ、むぎ、もみじ、つらら」と四匹いました。結局、私は後に鴨川《かもがわ》の家を出ることになったんですが、もみじだけは私でなくちゃダメだったから、住む家を決めてから迎えに行きました。一ヶ月ぶりに会った時はさんざんなじられました。それからずーっと一緒です。こんな猫はこれまでいなかった。

初めての一人暮らしももみじと一緒だったし、その後のいろんな恋愛もほとんど見ているし。もちろん二度目の旦那さんとの出会いと別れも彼女は見ています。

それで八年前に一緒に東京から軽井沢に引っ越して、今のパートナーが二年前に来て、まあ、もみじは今がいちばん幸せに過ごしてくれているんじゃないかなと思うんですけど。

なんか、付かず離れず、でも必ずそこにいる。よく猫のような女は魅力的だっていうじゃないですか。でもあんなの、マネのしようがないですね。「もみじ先輩」っていう感じ。

猫っていう生き物の特性なのかもしれないけど、人の心の穴ぼこをぴったりとこう、体で埋めに来てくれるというか。ほっといて欲しい時はほっといてくれるし、寄り添って欲しい時は寄り添ってくれるし、ああいう距離感の摑《つか》み方は天才的ですよね。

――もみじにとって村山さんはどんな存在でしょう？

なんだと思っているんでしょう。手のかかる腐れ縁の女とか思っているんじゃないかな。もみじにしてみれば、「もう、うちがついてなあかんねん」くらいの。

男の人のことで一喜一憂したり。小説が書けないって泣いたり、才能なんかないんだってぐるぐるしたり。そういう姿を彼女はずうっと見ているので、しょうがないなって思っているんでしょうね。もみじが人語を喋《しゃべ》れなくてよかったと思います。まずいこといっぱい知っていますから（笑）。

もみじはどんな存在か？　自分の子どもみたいに思ったことはないというか、子どもを持ったことがないのでわからないんですけど、時には自分より上というか、老成している感じがするし。ソウルメイトのようだったり恋人のようだったり。もみじはもみじです。

猫と暮らすことは、物書きの習性に合っているんですかね。犬も飼っていたことがあって好きなんですが、今にしてみると、よく早起きして散歩に行けたなと。犬に比べると猫は大人の付き合いを落ち着いてできる感じがします。子どもではなく対等。

でも、向こうは自分のほうが偉いと思っているはず。時には夜中に原稿をずうっと待っていてくれるちっちゃい編集者ですね。「終わったよ」って言うと「遅いワ」って。たいていは寝て待っているんですけど、それでもとりあえず傍《そば》で、その寝息を聞きながら仕事をするっていうのはとても幸福なことです。誘眠動物なのが困るんですけどね。

——もみじの口の中に腫瘍が見つかったとか……。

最初は、口の中をちょっと気にしているだけだったので、何かはさまったかと思っていたんですけど、あんまり気にする様子なので病院に連れて行ったら、奥歯の周りに腫瘍《しゆよう》ができていて。検査してみたら悪性のものだとわかったんです。本当に目の前が暗くなっちゃって、みっともないほどうろたえました。しかも余命が三ヶ月っていうことも知ったものですから……。

いいお医者さまに出会えて幸せですけど、何しろ十七歳なので、本人がつらくなるようなことはするのをやめて、それでいて少しでも長く生きていけたらいいなっていうふうに思っているんです。

長生きして欲しいのはこちらのエゴなんですけどね。

物心ついた時から今まで、いろんな猫を飼いましたけど、見送るのはほとんど初めてなんです。これまでは死に目にあえなかったり、自分から死期を悟ってどこかへ姿を消していたので。

でも、もみじをはじめとして今うちにいる猫たちは室内飼いだけに、きっちり見送ることになるだろうと思います。どこかでちゃんと諦《あきら》めて「行かないで」と無理に引き止めずに見送ってやれるんだろうかと思うと、自分にそれができるのかなって。特にもみじに対しては、今から怖いです。

愛情と執着って違うはずなんだけど、いざという時、パニックにならずにそれを区別できるのか、試されているなって思います。自分の執着をうまく手放すことができるか。

作家デビューして二十四年（二〇一七年当時）、もみじとはそのうちの十七年間一緒ですから長いですね、本当に長い。私の都合に、さんざ付き合わせちゃった。

猫に救われて今がある

――小説家の日常ってどういうものでしょう？

日常は完全にはコントロールできないです。締切り続きになると、カップラーメンやコンビニのおにぎりで済ませることもありますし。家事にせよ何にせよ、決めすぎても守れなきゃしょうがない。できる時はやる、できない時はやらない。猫はそうですからね。

基本的にご飯は自分で作って食べようとか、洗濯物を回したらできるだけ日に干そうとか、お布団もですね。そういうことはしています。そのぬくぬくの布団にもみじがくるまって寝ているのを見たら幸せとか。

そういうふうに最近、毎日をちゃんと積み上げるようになって、書くものがどう変わったか。それは私にはわからないです。読み手の人が変わったと思うんだったら変わったんだろうし。ただ、自分自身がビクビクしなくなったっていう気はします。嘘を書いていないっていうのかな。物を書くことの後ろに、ちゃんと生活があるかどうかで、読者に対してできるだけ嘘がない姿勢というのは伝わるんじゃないかなって思っています。

だから、自分の生活の全てを最初の旦那さんに預けていた時とか、東京で二度目の旦那さんともっと享楽的な生き方をしていた時とか、そういう時と比べたら、今のほうが、書いていない時の私にもちゃんと人生があるって感じがする。

私にとって小説を書くのってなんの意味があるんだろうって思うと、生きるための嘘をつき続けるって感じ。でも嘘の中にも真実が、きっと一つぐらいは、作品ごとにあって、そういうものが読者に伝わればそれだけでいいかなって。

小説にできることって所詮それぐらいのものだろうって思うんです。でもその所詮絵空事の小説でも、実感に裏打ちされているかどうかが大事で、やはり神は細部に宿るって思うんですよ。そうだったらいいなって。

――二十四年間、作家として走り続けてきたんですね。

今後、いつまで書いていられるんだろうなって思いますよ。先の保証なんて何もないでしょう。出版業界だけじゃなくて、自分の能力みたいなことも体力みたいなことも。いつ書きたいって気持ちが消えてしまうかもわからないし。すべてわからないです。

これまでも、どうやっても書けないと思った時もあるし、とても書いている時間がないという時もありました。

だから来年自分がどこで何をしているかなんて本当にわからない。とりあえずここにいるだろうけど、ちょっとでも体壊しちゃったら、そのまま収入は滞《とどこお》るみたいな仕事ですからね。自由業って不自由業だなあって思いますよ。

その時々でやりたいことに飛びついちゃうたちなので、アルバイトも含めたら二十近くいろんな

職を転々として、そのあとデビューしました。だから丸二年経った時に、小説家が一番長く続いたって思った。

何をしても、どんなことに興味を持っても、どんな人に会っても、全てが小説に結実していくわけだから、そういう意味では本当にありがたい仕事です。飽《あ》きないですもん。物語が好きなんだろうなって思います。子どもの頃から、物語、特に紙の本と、あとは猫に救われて今があるっていう気がするんですよね。ずうっと。親にも言えないことを猫を抱いてその耳にこぼしたり、それでもあふれてしまうものを物語にしてきました。読者からの声で、ああ、自分だけじゃないんだって思うことで救われたり。だからね、常に猫と本には、両輪のように支えられてきた気がしています。両方、大事。どちらがなくなっても、息もできない。

小説を書くことで、折り合いをつけてこられたんだと思います。一冊書くたびに、自分の中で今まで名付けられなかったものに名前を付ける。名前がないものって理解しにくいじゃないですか。どうしても人間は言葉の生きものだから。

人間のこころの中のどろどろしたものとか、やり場のない気持ちとかを、一冊書いて、それに名前を付け終えることで、ちょっと片付けておける問題になるから。

言葉じゃないものを伝えてくれる

――猫の何がそんなに好きなのでしょう？

たぶん、箇条書きにできるような「好き」じゃないんだろうと思うんですよね。本当に猫がいないと生きていけない。だから空気の何が好きですかと言われても、みたいな。空気よりは溺愛《できあい》していますけどね。いてくれないと困る。

人生で、もみじ以外から、こんなに混じりけのない信頼の眼を向けられたことはないんですよ。打算もないし、なんにも。だから、全身全霊で応えるしかない。

たぶん人間同士では、どんなに愛し合っていても、まあ無理ですね。夜、抱き合ってもみじに腕枕して眠る。そんな時のその眼が、もうどうしようかと思うほど愛しくて。応えられているのかなって。この子の信頼とか、愛情とか、そういうものを、私に向けてくれたものと同じものを、ちゃんと返せているかなあって思っちゃいます。

「もみちゃん幸せ？」って絶対に答えは返ってこないんだけど、何べんも聞いちゃう。でも、もみじくらい長く生きていると、こっちの言っていることは少なくとも四、五歳児くらいにはわかっているんじゃないかなと。もうちょっと上かな。十七年間、人間の言葉を聞いていて、わかんないわけはなかろうって。喋れないだけでね。

今回の作品（「いつか、同じ場所」）で、もみじの言葉を大阪弁で書いたのは、ちょっとイケズな感じのもみじのキャラにぴったりだから。私も家では大阪弁ですし。便宜上、パートナー＝とーちゃん、私＝かーちゃんとも書きましたけど、別に自分がもみじの母親って感じもしていないですね。

――もみじと言葉で話してみたいですか？

人間の子どもは成長するにつれて言葉で話せる。でもこの子は一生、どんなに長く生きても言葉で表現してくれるわけではないし、「あなたと暮らせて幸せだった」とは絶対に言ってくれないわけです。それは生き物と一緒に暮らすことの一番の悲しみだなって思います。

勝手なんだろうな。伝えてくれているんだろうとは思う。言葉じゃないもので伝えてくれていて、今だってこうして身を預けてくれているのは、伝えてくれているんだと思うんです。だから人間はバカだと思っているかもね。なんで言葉で言わないとわからないんだって。それでも聞きたくなってしまうのは多分、自分がもみじにしていることがこれでいいのかどうかっていう不安と背中合わせなんだと思う。確認できたらいいのにね。「ちゃんとできていますか？」「ぼちぼちやな」って。

69 Murayama Yuka

もみじ
FUJI RHP
12
11A
12

［短篇］いつか、同じ場所

村山由佳

うちな、覚えとる。生まれた時のこと。

めっちゃ狭い苦しいところを通り抜けたら、急に明るなって、誰かが涙声で「よしよし、頑張ったねえ」て言うとるんが聞こえてん。

今やったらわかるわ。あれが〈かーちゃん〉やった。かーちゃんは、うちの母さん猫の手ぇ握って、おなかさすって、うちら四にん姉妹が生まれてくるためのお産婆さんをしてたらしい。母さん猫のそのまた母さん猫の代からの付き合いやそやし、まあ言うたら、うちらの世話をするための人生、いうこっちゃな。光栄や思わなアカンで。


それから十七年。かーちゃんとうちは、ずっと、ずーっと一緒やった。

ときどきうちをほったらかして出かけてまうけど、寂しいのん我慢して留守番しとったら、あんじょう帰ってきよる。

そらそやな。かーちゃんは、うち無しでは生きていかれへんねんもんな。

何年か前まで、この家《いえ》の猫は、うちと、あの銀色のンだけしかおらんかってん。でっかいナリして、顔に似合わんエエやっちゃねんけど、これがまた、おつむのネジがばっちりゆるんどる。

そうこうしよるうちに、チビっこいのンがいっぺんに二つも来よってな。おひとよしの銀色がせっせと面倒見たったもんやから、いまだに親とまちごうとるみたい。銀色、あれ中身、ぜーったいオバハンやわ。

そうか思たら、かーちゃんの父親がのうなった後、そこに住んでた目ン玉の青~いのンまで引き取られて来よって——今では家じゅう、えっらい賑《にぎ》やかになってもた。

せやけどな、うちが寝起きしとるこの部屋には、他のだぁれも入れたれへんねん。かーちゃんの「特別」は、うちだけやもん。うち、だけ。へへん。


あのな。ここだけの話やけど、あのヒト、あほやねん。仕事は、何や知らん、怪しいことしたはるみたいやけど、男見る目はさらに怪しいねん。ちょっとどうか思うぐらい。これほんまの話。

うち、ぜーんぶ見てきてんで。これまでのかーちゃんのあれやこれや、ぜーんぶ。いろんなんがおったけど、どうせまたアカンのんちゃうかなー、思て見てたら、きっちりアカンようなりよる。よ言わんわ。

それでいくと、今のンはまあ、なんぼかマシなほうなんちゃう？　なんし、幼なじみやでぇ？　初恋やでぇ？　知らんけど。

当然のこっちゃけど、一番にうちを、二番目にかーちゃんを大事にしよるし、うちのごはんを自分の餌より先に用意しよるし、うんこの片付けもサボりよらん。せやからうち、生まれて初めて呼んだることにしてん。〈とーちゃん〉ちゅうてな。ええか、うちの、とーちゃんやで。こぉら泣いて喜ばなアカンで。

もっと若い時分は、野ウサギやらキジも獲ったし、裏山全部がうちの縄張りやった。

今はもう、外へ出る気ぃせえへん。たまに、ベッドへ飛び乗ろうとして失敗すると、かーちゃんは見んふりしといてくれるけど、悲しそうな顔んなる。勘弁してほしいわ。うち、まだ大丈夫やし。ぴっちぴちのセブンティーンやし。けど、なんやろ。めっちゃ眠いねん。とろとろ、とろとろ寝てしもて、気ぃついたら、一日が終わったあとやねん。もしかして、最期の日ぃもこんなふうなんかなあ。とろとろ、とろとろ寝てしもて、気ぃついたら、ぜんぶが終わったあとやったり、すんのんかなあ。

なんも、怖いことはないねんで。みぃんないつかはおんなじとこへ行くねんし、行った先で、それこそ留守番するみたいに待っとったら、そのうち、かーちゃんもとーちゃんも来よるやろ。

そらそやな。二人とも、うち無しでは生きていかれへんねんもんな。

なあ、かーちゃん。いっつもうちに訊くやん。「あんた、かーちゃんとこへ来て幸せやった?」って。

うちには、〈幸せ〉てようわからん。けど、これだけはわかるで。

かーちゃんは、この世で一番、うちのことが好き。

うちは、この世で一番、かーちゃんが好き。

ソーシ、ソーアイや。

ええやろ。

な?

柚月裕子と
メルとピノ

そばにいてくれる存在が欲しかった

――猫との付き合いは長いですか？

十七歳の頃からですね。もともと動物好きでしたが、家の事情などもあって飼うことができなかったんです。でも、その歳に私の中で大きな出来事があって、ずっとそばにいてくれる存在が欲しくなったんです。それを両親も理解してくれて、猫を飼うようになりました。

実家には三匹の猫がいました。私は産みの母親を病で早くに亡くしているんですが、その母が闘病を始めた頃から、猫が亡くなり始めたんです。若い順に亡くなって、母を看取るかたちで最年長の猫も息を引き取りました。かなり堪《こた》えましたね。こんなにつらい思いをするのなら、もう絶対に猫は飼わないと思いました。

――なぜ再び猫と暮らそうと？

時間が経って、やっぱり猫がいる生活っていいなと思えるようになったんです。『検事の本懐』で二〇一三年に大藪春彦賞をいただいた後、頑張ったご褒美を何か自分にと考えた時、「ああ、やっぱり猫と一緒に暮らしたい」という気持ちになったんです。

でも、家族にするからには、最期まで面倒をみる、悲しい思いも受け止める相当の覚悟が必要ですよね。どうしようってかなり迷いました。そんな時に、出かけた先で出会ったのがメインクーンのルナだったんです。

一目見た時、「ああ、この子は私の家に来る」って直感がありました。それで、翌日か翌々日にもう一度会いに行って、我が家に迎えることにしました。いつか別れの時は来るし、その悲しさはすごく大きいけれど、ほんのわずかでも喜びがあればと。

その後、チンチラゴールデンのピノがやってきたんです。猫って一匹迎え入れると増えちゃうんですよね。それで二匹と暮らしていたんですが、二年くらいたった頃にルナが急に亡くなってしまったんです。

メインクーンって心臓が弱い子がいるみたいで、人間でいえば突然死です。あの時もしんどかったですね。でも、その時はピノの面倒をみなければという感じで、乗り越えることができました。ルナは本当に綺麗で賢い子でした。

ルナがいなくなってピノだけになってしまって、すごく寂しそうに見えて、じゃあもう一匹迎え入れようということになって、やって来たのがヒマラヤンのメルです。

——今、二匹はどんな感じですか？

元気ですよ。メルが七歳でピノが九歳。どちらも女の子です。ピノは目、メルは耳の位置がとても可愛いんです。仲もいいし、ケンカもあまりしません。ベタベタかというと、そうではないんですが、ピノはすごく性格が穏やかでやさしいので、メルを可愛がっています。

人間の姉妹も、上の子が下の子の面倒をみるでしょう。猫もそうなんですね。冬場、暖かい場所にメルがいると、ピノがやってきて、毛づくろいしてあげたりしています。

逆にメルがピノに何かしてあげている姿は見たことがないですね。自分はそうされて当然みたいな態度なんです。二匹ともすごく穏やかで、一緒に暮らしやすいです。

（フワッとしたポワッとした温かい存在）

——猫たちとどんなふうに暮らしているか気になります。

メロメロですね。特にピノは甘やかしました。鼻がちょっと低いから、子猫の時はご飯が食べづらかったんです。だから、しばらく手であげていました。そのせいで、今も手から欲しがります。お皿にご飯を出しても、食べずに待っているんです。で、ハイハイって私がお給仕しています。

人間って猫の下僕《げぼく》だってよく言われるけど、私の場合、確かにそう。我が家の序列では、猫が一番上ですね。

匂いも好きで、それぞれ独特なんですよ。どちらも、えも言われぬ温かくて柔らかい匂い。猫が伸びをしたら、そこに顔を埋《うず》めて「あったかいー」ってスリスリしちゃいますね。

うちの子たちはパソコン仕事の邪魔をしたりすることはあまりないんですが、ゲラ刷りには乗りますね。特にメルはゲラ刷りが大好き。インクの匂いでしょうかね。封筒を開けるのを待っているくらいです。

私は猫に、ああしなさいこうしなさいって言わないし、猫ももちろん私にああしろこうしろって言わない、ご飯はねだるけど。その関係性が好きなんでしょうね。

——猫がいるだけでいい？

そうですね。フワッとしたポワッとした温かい存在が常にそばにいてくれることが、私には重要なんだろうなって思いますね。ピノもメルも、気がつけば近くにいて私を見ているんです。仕事場で足元に気配を感じて、目を向けるとそこにいる。キッチンでも、ふと見るといる。昔、テレビドラマで「振り返れば奴がいる」ってありましたよね。まさに、「振り返れば猫がいる」。

実家にいた頃も、気がつけば猫がそばにいてくれた。お互い自然にそこにいる距離感が好きなんです。猫の人に対する距離のとり方って、なんとなく私も人に対して、似たところがあるなと思いますね。

――でも、猫は何も言ってくれないでしょう？

何も言わず、ただいるだけですけど、私のことを全部知ってるんですよね。笑ってたり怒ってたり、ぶつぶつ文句言ったり、それを全部見ている。それでもやっぱりそばにいてくれるんですよ。たとえば、私が作家だからそばにいるとか、作家じゃないからいなくなるとか、そんなことなくて、無条件にいてくれる。それがすごく落ち着くんです。

朝目が覚めて、ああ今日も生きているって喜びを感じられる日と、逆に、今日も一日生きなければいけないのかみたいに沈んだ気分の日があるんですけど、どちらの日でも、小さな息遣いが目の前にあると「ああ、今日もこの子たちがいてくれるんだ」って思うんですね。いつだって猫に救われているんです。

猫はどんな私でも受け入れてくれる。理解者っていうのかな。素の自分を受け止めてくれる。あの時はこの子がいた、あの時もこの子がいたというふうに、猫に救われてきたんです。

それに、猫は自分の好きなように生きて、誰かに媚《こ》びることもない。けれど、周りからとても愛される。すごくないですか？　私も猫みたいに生きたいなって思います。

（知らないことだらけのスタート）

――デビューして十年になりますね。

大変でしたね。いかに自分が物を知らないかということをまざまざと感じた十年なんですが、好奇心がグンと増えた年月でもあります。以前は、自分が年を重ねて経験を積んでいけば、知識が蓄えられて欠落した部分がどんどん埋まっていくと思っていたんですけど、逆でしたね。知れば知るほど、自分の知らないことが逆に増える。そこを埋めるためにいろんなことを見て、見聞を広げる。そんな感じでした。

もともと好奇心はあるので、知ることが好きなんです。そういうところは猫にも似てるかな。猫も好奇心旺盛ですよね。

――なぜ作家になろうと思ったんですか？

三十代の後半ごろ、「小説家になろう講座」に通っていたんです。その関連企画でトークショーがあって、タウン誌にまとめ記事を書いたのがきっかけですね。

その講座は、作家の話が聞けるだけでなく、受講生のテキストについて、ゲスト講師の方と第一線で活躍されている編集者から意見を聞ける機会もあったんです。

ある時、作家の志水辰夫さんと逢坂剛さんが講師にいらっしゃって、「今頑張って書いて見てもらわなかったら、一生見てもらうチャンスはない」と思って、チャレンジしたんです。

「待ち人」という短編で、心中をはかって自分だけ生き残ってしまった女性が、死んでしまった男性のことを考えるというような話です。お二人から、「まあ、書けてるんじゃない、頑張ればいいところまでいけるかな」という言葉をいただいて、良くも悪くも私はそのまま受け止める性格なので、「そうか、結構書けているのか」って。

その後、地元の山形新聞主催の短編文学賞「山形新聞文学賞」に手直しした「待ち人」を送ったら入選。次は全国だということで、『このミステリーがすごい！』大賞」に長編を応募したんです。

それが大賞を受賞して、デビュー作になりました。投稿時のタイトルは「臨床真理」でなくて「臨床真理士」。筆名も藤木裕子だったかな。

デビューするまで自分が作家になるという自覚がなくて、どこまで文章というものを書けているのかなと、それだけでしたね。結果的にデビューできて本当に恵まれていると思います。

ただ、デビューしたといっても作家になれたという意識はないですね。いまだに自分で「作家です」と言うのは抵抗があります。ご依頼をいただいて、「ああまだ書ける」って思って、それで初めて「あともうちょっと作家でいられるかな」というふうに思えるんです。

――ペンネームは今と違ったんですね。

私は今まで三つの名前を持っているんです。生まれた時の名前、結婚してからの名前、そして筆名。その中で自分で決められるのは筆名だけですよね。だんだん時間が経つと、本当の自分って、柚月裕子かなって気がしています。

私って「二割」の側？

――作家になりたいという夢はあったんですか？

子供の頃、漫画家になりたいと思ったことはあります。でも私は絵が不得意だったので、逆に絵は得意だけれど物語が作れないという子と組んで、私がストーリーを担当していました。中学一年くらいまでやっていましたね。

少女漫画も一通り読みましたが、大好きだったのは、『漂流教室』や『恐怖新聞』といった少年漫画。『北斗の拳』もすごく好きでした。「ミステリマガジン」も定期購読していましたね。今思えば、その頃から周りと違っていたのかも（笑）。

私がよく言われるのは「二割」ということ。初恋相手は俳優の渡瀬恒彦さんとブルース・リーだし、好きな漫画は『漂流教室』。当時の私は、八割の女子は絶対そこを通ると思っていたんですよ。今になって思えば、他の子は「明星」や「平凡」を読んでいましたね。でも、その時は自分が変わっているとは思っていなかった。

今もそんな感じですよ。『仁義なき戦い』、『マッドマックス』、『タクシードライバー』、『スカーフェイス』、『ハスラー』、『ゴッドファーザー』。女性はみんなそういう映画が好きだろうと思って話題を振ると、編集さんが首をかしげる……。

あと、トマトに砂糖（笑）。昔からトマトにはお砂糖が合うと思っていました。自分がもしかしたら「二割」のほうじゃないかと気づいたのは、デビューしてからですね。

——独特な感性を持っていると思います。

いえ、何も持っていないですよ。だからきっと小説のテーマで取り上げるのが、人生の理不尽さになっているんじゃないでしょうか。それはデビューした当初から変わりませんし、デビューする前からずっと、平等ではないこと、生まれ落ちた時に背負っている何かといったことについて考えてきたわけです。今までも、そしてこれからも不条理や理不尽について考えながら書いていくんだと思います。

今日を見て、前を向いていたい

——柚月さんにとって小説とは？

唯一自分を出せるというか、表現できることでしょうか。喜びやつらさ、いろんな感情を表に出せるのが多分、自分にとっては小説なんだと思う。だから小説を書けなくなって作家でいられなくなったら、私という存在はなくなるんだなと思うことがあるんですよね。

もし小説を書かなかったら、書かないまま過ごしていたのかもしれません。でも、自分を出せる場所や考えていることを表現できる場所を一度知ってしまったら、表現する場がなかった自分には戻りたくない。ずっと作家でいたい、表現する自分であり続けたいと思います。

——小説のいいところはなんでしょう?

小説を書いていると喜びが三回あるんです。一つは、これはいけるという題材を見つけた時。次に見本が手元に届いた時。もう一つは重版がかかった時。あとは大概苦行です。でもその中で映画を見たり、小説を読んで新たな表現方法を発見した時は、たまらなく嬉しいですね。

文学賞で選考委員の皆様からいただける選評も自分にとっては大切な宝物です。私の作品で、何が欠けていて何が認められたのかがわかるし、次の作品に繋《つな》がっていきますよね。作家として生き残っていくための大切な道標《みちしるべ》なんです。

——作家としての孤独や不安はありますか?

作家だからということはないですね。孤独というものは、私にとっては昔から非常に身近なものなんです。ただ、作家になってから特に意識せざるを得なくなりましたね。

つらくなることもありますけど、そういう時は猫を抱きます(笑)。「あなたは変わらないよね、お母さんのこと見捨てないよね?」って、子離れできない親みたいな感じで。メルは抱っこが嫌いだから嫌がるけど、ピノは割と諦《あきら》めてくれる。

だから一日でも長くこの子たちと一緒にいたい。「足腰弱ってトイレに行けなくなったりしても、ちゃんと最後までお母さんが面倒みるから、安心して長生きして」って常に言ってますね。

私は、自分を取材していただいた記事などを保存はするけど、整理整頓はしないんです。それは今までのことを振り返るってことで、先じゃなくて後ろを見ている感覚だから。

猫の写真も同じで、それを眺めることは、要は思い出すということで、別れの後にすることだと思うんです。それよりも、今ここにいるんだから今を見ようという気持ちが大きいですね。

そういう意味でも、今日を見て、前を向いていたい。執筆依頼があって作家であり続ける以上、後ろを振り返っている暇はないんです。

——これからも山形を拠点にして、書いていくのですか？

そうですね。東京に行くことも多いですけど、完全に山形を離れることは考えていません。自然があって、食べ物、水がおいしいですし。執筆に必要な五感というのかな、山形はそういった自分の感性を豊かにしてくれる土地です。

［エッセイ］振り返れば猫がいる

柚月裕子

あなたたちは、呼んでも来ない。
寝転びながら、尻尾をパタパタとさせるだけ。
抱っこもさせてくれない。
無理やり抱きしめても、するりと腕から抜け出していく。
寄ってくるのは、お腹が空いたり、遊んでほしいときだけ。
誰にもおもねらず、自由で、気高い。
私にとって、理想の生き方。

あなたたちは、どんなときもかわらない。
作家じゃなかった私も、作家になった私も、
笑っている私も、泣いている私も、
誰かといる私も、独りの私も、
悔しがっている私も、怒っている私も、
いいことがあって調子に乗っている私も、
嘘をついている私も、ダメな私も、かわらない瞳で見つめている。

あなたたちは、いつもわたしのそばにいる。

マロ、ヒメ、ワカ、ルナ、ピノ、メル。

物事を斜《はす》に見て、独りで生きていけると思い込み、誰もそばに寄せつけなかったときでも、あなたたちは一緒にいてくれた。

くっつき過ぎず、離れ過ぎず。少し後ろから私を見ている。

座っているときもあれば、おなかを出して寝っ転がっているときもある。

ぐっすり眠っているときもあれば、丸い目で見つめ返してくるときもある。

自分の存在理由が見当たらず、自己肯定ができず、自分は無価値だと感じ、自分で自分を投げだしそうになるときでも、あなたたちは私を見捨てない。

そんなあなたたちが、どれほど救いになっているか、あなたたちにはわからないでしょう。どんなときでもかわらないあなたたちがいるから、私は安心して迷い、悩み、苦しみ、前に進むことができる。


あなたたちを大事にします。

元気がなくなっても、トイレに行けなくなっても、私のことがわからなくなっても、大切にします。

天地神明に誓います。ご先祖さまにも誓います。ありとあらゆるものに誓います。
だから、安心して長生きしてください。

いまも、昔も、振り返れば猫がいる。
あなたたちがかわらないように、私もかわらない。
いままでも、これからも、ずうっと一緒。
あなたたちと出逢えてよかった。
ありがとう。
これからもよろしくね。

これからも猫

3

保坂和志とシロちゃん

近くて遠い十五年の距離感

――シロちゃんとの付き合いは、もう十五年なんですね？

二〇〇〇年頃かな、最初にマミーちゃんって猫がいて、家の周辺に来るようになった。翌年の秋に子猫を二匹つれてきた。その一匹がシロちゃんのお母さんのミケ子。最初は、僕もミルクだけ出す消極的な関わり方だったんだけど、そのミケ子が二〇〇三年にマーちゃん、シロちゃん、ビジンちゃん、シマちゃんのメス四匹を産んだのね。

マーちゃんはめちゃくちゃ人懐《ひとなつ》こくて、あの頃もシロちゃんは触らせてはくれなかったけど、そこそこ人懐こさはあった。でも、だんだん警戒心が強くなっていったね。十五年も付き合ってたら、触っても大丈夫になりそうだけど、触れない。シロちゃんのことを気にかけて見るようになったのは、二歳の手前か満一歳くらいからなんだけど、その頃から二十四時間通じて姿を見かけないことって二回しかない。丸一日姿を見ないとすごく心配で、近所を探し回ったね。

――保坂さん、あまり話しかけないですね。

「シロちゃん」って呼んだら、もうそれだけで逃げる態勢になっちゃうから。だから、ほんのちょっとだけ話しかけるようにしてる。右手を出している時に左手を動かしたり、違う動きをしても逃げちゃうもんね。

でも、シロちゃんは僕の手から食べるんだよ。ホタテみたいなすごく好きなものの時に指を舐《な》めるとか、最近は指につけた「ちゅ〜る」を舐めるとか、手のひらのものを食べるとかそれくらいはするんだけど、接点はそこだけ。

以前は、僕が屈《かが》んでご飯の準備をしてると、フェンスの上から早くしろって頭をパシパシ叩いたんだけど、最近はしなくなった。いくら時間が経っても、とにかく距離が縮まらないんだよね。

——なぜ警戒心が強くなったんでしょうか?

テリトリーを守っているからだと思う。最初はマミーちゃんがよそから来る猫を撃退してた。マミーちゃんが歳を取ったら、意外なことに愛されキャラのマーちゃんがテリトリーを守る役割になった。マーちゃんが具合が悪くなって、その役を継いだのがシロちゃんだった。ビジンちゃんは全くそういうことにタッチしなかった。とにかくシロちゃんは、ファミリーの中でもテリトリーを守る意識が特別強かった。

北風霧雨横殴りの天気でも門灯の上に狛犬《こまいぬ》のように座っているんだよね。いまだにマーキングもしちゃう。メスのマーキングってあんまり聞いたことないけど、でもテリトリーを守るのは間違いなくメス。基本、オスにはそういう責任感ってないんだよ。

——警戒されると寂しいというか、ヘコみませんか？

まあしょうがない。捕まえて家の中に入れられればいいなと思った時もあったけど、現状はシロちゃんは全く触らせてくれないし、家に入れたとしても拷問になっちゃう。そもそも向こうが全然入る気がないんだから。

マミーちゃんは死ぬ前の十ヶ月は、僕の部屋にいたんだよね。でもそれも、体力的に弱って触れるようになったからっていうのもあるんだけどね。シロちゃんも、外で生活できなくなったら家の中で飼えるくらいに懐いてもらうのが目標なんだけど、今のところはまだダメ。

急な冷え込みで風邪をひいたり、寒さで関節が痛むこともあるみたいなんだけど、自分がつらくなる原因は、自分に近づくものだと思っていて、僕もその原因だと思われてる。だからって、傷ついて落ち込む暇はないし、対策を考えなきゃならない。触れ合いが少ししかなくても、いてくれることがやっぱり嬉しいわけだから。

溺愛してこその猫

――シロちゃんはどんな暮らしぶりなんですか？

ご飯をあげるのと、ラックを改造した三階建てのハウスを用意してる。寒くなったら蓄熱ブランケットをいれたり、雨風がしのげるようにエアパッキンを貼ったり季節ごとに改装してる。ビジンちゃんがいた頃に二匹が使えるように作ったんだけど、仲がよくなくてね。シロちゃんが入るとビジンちゃんは出て行ったりしていた。

二〇一一年の六月に、コンちゃんっていう狐に似たオスが迷い込んできて、シロちゃんは一時期コンちゃんを引き連れて歩き回っていた。シマちゃん、マーちゃん、コンちゃんの三匹とはうまくいったけど、ビジンちゃんとはお互い合わなかった。

ご飯は、シロちゃんは昔からすごく食べるほうだった。でも、食べたい気持ちに胃腸がついていかないのね。そうすると吐く。だから今は一回分十五グラムを測って、数回に分けてあげてる。

このやり方を最初に発見したのは奥さん。猫の治療をしてる人のブログで、厳密に何グラムって量っているのを見つけた。それで、うちでも始めた。習慣にしちゃえばなんてことないんだよね。

やらないとむしろ不安なくらい。

――ご飯メモのカレンダー、書き込みでぎっしりですね。

食べ物の種類で色分けしたり、今までのトラブルの記録を書き込んだりしてる。基本はその日一日の食べる回数と量を見ている。たとえば、八時十分に「ちゅ～る」をあげて、しばらくしてから缶詰、次に九時四十分に一回あげて、十一時二十五分に漢方をあげる。十二時十五分に缶詰を二回あげて、十六時十分に一回あげて、十八時二十分に三回、で、二十二時に漢方、二十二時三十五分に薬をあげて、そのあとご飯を二回あげて、〇時二十二分に吐き止めの薬をあげて、もう一回ご飯をあげて、〇時五十分にも、もう一回あげてる。

――すごい手間！　猫の世話だけで一日終わりそうですが……。

普通こんなにやってたら外出できない。だから、留守にするのは八時間くらいが限度。国内旅行だって行けない。二〇〇二年の夏までは夫婦で旅行に行ってたんだけどね。ジジっていう猫が二〇〇三年の正月に、胃潰瘍《いかいよう》のせいなのか激しく吐いてから、ますます出かけられなくなった。

トイレにしたって、猫は基本はオシッコが一日一回か二回なんだけど、歳を取ると四回とかになってくる。もっと最悪の時期なんて膀胱炎《ぼうこうえん》になって十二回。花ちゃんの時は、それを毎回片付けていた。量の違い、色の違いとかで体調の変化がわかるから。

シロちゃんのファミリーがまだみんなそこそこ元気だった頃でも、起きてから仕事始めるまで二時間くらいかかってた。で、最後はもう仕事どころじゃなくて、世話するのだけで精一杯みたいになるんだよ。

——どうしてそこまでできるんでしょうか？

みんな、どうしてそこまで猫に入れ込むのかって考えすぎなんだよ。それがおかしい。なんで猫だとそんなこと聞いてくるの？　高校球児たちに「なんでそんなに野球してんの？」って、誰も聞かないじゃん。

ずっとやってきたからしょうがないんだよ。自然とやることが増えてきちゃうんだ。向こうが必要なことに対して世話をしてて、気がついたらこんなことになっている。

僕が晩飯一回だけあげるようになったのが二〇〇三年の七月なのね。その時に、たとえば神様が出てきて、「今、君は毎晩夜八時に一回だけご飯を出してる。これからそれを十五年間続けるんだよ」って言われたら、やっぱりさ、しないと思うんだ。それはちょっと勘弁してくれって言うでしょう。

――溺愛するほど愛さないとダメですか？

まあ基本はそうだよね。普通の人って、思いのたけ可愛がることが恥ずかしかったりで、自分自身に歯止めをかけるようなところがあったりするんだよね。こんなに可愛がったらいけないんじゃないかって、みんなどっかで思うんだって。

だから、僕の友達が「保坂さんを見て、猫ってこんなに可愛がっていいんだってわかったから、自分も安心してもっと可愛がる」って言ったりするの。猫を可愛がる分には、恥ずかしいことなんて全然ない。僕なんて、猫次第で仕事のドタキャンありますって言ってるくらいだから（笑）。

猫は神との仲介者

――原稿を書く時間もないように思えるんですが……。

毎日書くようにしてる。そんなにたくさん書くわけじゃないし、書くこと自体は苦痛じゃないし、楽しいんだよね。書けなくて全然前に進まない時は面白くないけど、三十分か一時間くらいは机に向かって悪あがきする。とりあえず何か書いて、翌日見てダメなら、どうしようかなって考える。

日々何かをやるっていうのが今一番関心がある。日々何かをやること自体が一番すごいんだって思う。何かを仕上げるため、何かの目標に向かうためっていうのは全然違う。作品じゃなくて行為のほうが重要で、それをどうやって維持するかなんだよ。

だから、書いたものが何十枚と無駄になっても苦痛とかもったいないとは思わない。毎日何枚か書けてればそれでいい。形にするよりも毎日書くほうが大事。

小説をいろいろ書いてると、書きかけや書き損じの原稿用紙がいっぱい溜まってくる。それがどういう方向にどう流れるかわかんないからしばらく放置しておくんだ。そういう状態で書いている時が、楽しいんだよね。作品化していなくて。とにかく、発表の前提なしに何かするっていうのは、とっても好きだね。

完成させないと食っていけないし、多少のスケベ根性で、面白かったって言われたいとか、売れたいとかあるからね。全く発表しないという人生は選べないわけだけど。

あとは負荷をかけるってことかな。たとえばセザンヌやゴッホは、体をしばってないと飛んじゃうくらいものすごい風が吹く場所で絵を描いていたんだって。日本を代表する山岳画家の人は冬の山を描くのに実際に登ったんだよ。登るだけでも大変なのに、寒すぎて油絵の具が溶けなかったりもするんだって。そういう大変な負荷を自分にかけて描く。

毎日書くってこともやっぱり負荷をかけることで、それによって自分の中に何かが生まれてくる。

僕の場合、ストーリーがない小説だから、明日何を書いたらいいかわからないっていう負荷がかかるのが嬉しいんだよね。

——手書き原稿にしたのもそのためですか？

早い時期にワープロを導入したんだけど、原稿用紙と違ってワープロだとほんとに画面見てるだけでしょ。そうすると、外も見ないで画面だけ見て二時間経ったなんてことがあるんだよ。それが不健康だなって思えた。

だから、二〇〇一年くらいから清書まで手書きにしちゃったのね。二〇〇三年の『カンバセイション・ピース』は完全に手書き。手書きにしたら、本当に楽しいんだよね。キーボードだと「作業」になっちゃうんだけど、手書きは本当にフィールドスポーツだね。サッカーみたいな感じ。

全身を使うのが本当の生きものとしての思考様式だから、言葉で伝わるような頭の使い方をしているようじゃだめなんだっていう感じになった。

——『ハレルヤ』に収録されている「こことよそ」で川端康成文学賞を受賞されましたね。

ほんとに、猫の世話してると、いろんなものを引き寄せてくれる。次はこれをしなさい、この人と会いなさい、みたいな感じで。全部猫がそのへんは按配《あんばい》してくれる。すごく極端な話をすると、『ハレルヤ』を書いて、「そろそろ本が売れないとまずいな」って思ってたら、「しょうがないな、じゃあ『ネコメンタリー』に出演ね。ちょっと早いけど話題づくりに川端賞もあげとくかな。こんなんでがんばってね。あたしができるのはここまでよ」みたいな感じ（笑）。

シロちゃんもそこに絡《から》んでるんだよね。いろんな神様がいる中のどの神様かわからないけど、猫が仲介者になってくれるんだよ。やっぱりさ、猫との日々を毎日丁寧に送ってるうちに、自分のステージが上がった気がするもんね。

猫が世界を教えてくれる

――小説の出来に猫が影響を与えるなんてこともありますか？

『フォー・ウェディング』という映画の中で、恋人が死んで残されたほうが、「彼は私にとっての東であり西であり……春であり夏であり」っていう弔辞を読むのね。まさに猫もそうなんだよ。猫がいるから、花の美しさがあり、冬の寒さがあり、この世界がわかる。

理屈を言ってもしょうがないんだけど、世界は私と無縁にあるっていういわゆる物理的な自然観や世界観とは全然違っていて、世界を感知する猫という存在があるから世界が輝く。私が世界を感知する心を持つようになったのは、猫のおかげですってことになるんだ。世界を説明するための入り口が僕にとっては猫なんだ。

僕の場合、「私とは何か」、「生きるとは何か」とかは、ほとんど関心がなくて、この世界がどう映るか、世界がどうなっているのかっていうことに関心がある。それは、猫によるところが大きい。猫の前にいると、何も考えていないっていう、すごく大きな考えを教えてくれるんだよね。何ももたらしてくれなかったとしても、そこには非常に大いなるものがあるってことまで、猫は本当に教えてくれる。

猫とちゃんと付き合って、心平らかにして損得勘定抜きに考えると、とにかく一緒にいられるだけでいいって気付く。

だから、「犬みたいに働くわけじゃないし、猫ってどこがいいの？」という言い方をする人には、その心でいる限りわからないだろうって思う。説明できる範囲でわかっても意味がないしね。説明できないことこそが大事なんだよ。

5 6 7 8
12 13 14 15
19 20 21 22
27 28

［エッセイ］シロちゃん

保坂和志

花ちゃんが去年の12月に旅立ち、とうとう家《いえ》の中に猫がいなくなった。それでも僕が泣き崩れなかったのは、外にシロちゃんがいるからだった。

シロちゃんはもうすぐ15歳になる。最大11匹いた外猫ファミリーの最後の一人だ。子供のときは一番無邪気だった。仲良しのマーちゃんと一日じゅうじゃれ合って、走り回って、うちの庭は草一本ない、つんつるてんになった、ホントに姿が見えれば必ず二人で遊んでいた。

それが一人また一人、いなくなって、おととしにはとうとうシロちゃん一人になった。

シロちゃんは淋しくて甘える？　とんでもない！

15年の付き合いになるというのに、シロちゃんはいまだに僕にも妻にも触らせない。シロちゃんは塀《へい》の上でご飯の催促をする、去年の冬には僕が作ったハウスに入るようにもなった、というか、ほとんど一日ハウスの中で毛布に埋まっていた。なのに、触らせない。

触れあうのは、舌と僕の指先だけだ。最近は手のひらに乗せたご飯を食べることもある、ただしよっぽど安心しているときだけ。


ファミリーの始まりの、おばあちゃん、マミーちゃんがみんなを教育した。

「体を人間に触らせてはダメよ。人間なんて何をするかわからないんだから。」

みんなにそう教えたマミーちゃんは最後の10ヶ月、僕の部屋でのんびり暮らした。そして僕の腕の中で息を引きとった。


シロちゃんはそうなる気配がない。さいわい御覧のとおり若々しい。でももうすぐ15歳だ。外で15年暮らしてきたのだ。僕は一日でも早く家に入ってほしい、でもまったくその気配がない。

シロちゃんは複雑なのだ。シロちゃんの行動は人間の理屈で説明がつかない。

シロちゃんは15年間で夜のご飯を食べに来なかったことは、たったの2回しかない。365日かける15年。5475日でたったの2回だ。ファミリーの中には3日くらい平気で来ない子もいた。シロちゃんは誰より、きちんきちんとご飯に来た。

何度でも繰り返す、そんなにご飯は依存しているのに触らせない、それはいい。台風の日や雪の夜、そんなときこそハウスにいてほしい、なのに、シロちゃんはどこかに行方をくらましてしまう。僕は「シロちゃん、シロちゃん」呼んで回る、シロちゃんは絶対出てこない、諦めた頃、ひょっこりどこかから現れる、これがホントにわからない。シロちゃんはどこにいるんだ。

3年前の霙《ミゾレ》の日はとうとう一晩現れず、やっと来たときには白い毛に泥がついてて声もかすれ声になっていた。シロちゃんは決して、うちのハウスよりいいところに潜んでるわけじゃないのだ。シロちゃんは危険が迫ると人間に頼らず野生になってしまう。僕はせつない。

でもきっとそれが、外に暮らしたファミリーとしての誇りなのだ。シロちゃんはモフモフかわいい体の全身で、胸を張って、曲がったシッポを立てて、生きている。僕にできることは応援するだけだ。

養老孟司とまる

猫ブームを牽引する〝まる〟

――猫ブームですが、先生は猫歴が長いですね。

子どもの頃から家に猫がいたね。小さい頃の自分の写真も、子猫を抱いて写っているし。姉が猫好きだったんだけど、世話はもっぱら私が押し付けられていた（笑）。今の家に住んでからは、まるが二匹目。先代はチロっていうメスの白猫で、獣医さんからもらったんですよ。面白い猫でね、台所でカニを盗み食いしてたこともあったし、夜中に内線電話をかけてきたこともあった。偶然踏んづけたんだろうけど、あれはびっくりしたな。「もしもし」って受話器をとったら、「にゃ～ん」って聞こえるんだもの。

そのチロが十八歳で亡くなってね。やっぱり猫がいないのは寂しいってことで、娘が奈良のブリーダーでまるを見つけてスカウトしてきた。スコティッシュフォールドのオスで、我が家初の洋猫なんですよ。

私は「まる」と呼んでるけど、娘は「まぁくん」と呼んでいる。性格は鈍いほうだね。生後二ヶ月くらいでうちに来たんだけど、庭にいるリスめがけて突進して、ガラス戸にいやというほどぶつかったこともあった。

我が家は人の出入りが多いから、まるも慣れたものであまり人見知りはしないんだけれど、撮影の時なんかは警戒して逃げちゃったりすることもある。逆に、全く動かなくて絵にならないこともある。

――写真集や単行本、DVDまで出ている人気者です。

スコティッシュフォールド特有の「スコ座り」ってあるでしょう。うちでは「どすこい座り」っていうんだけど、我が家に来た人が、そういう姿を見て、それで写真集を出すことになった。それでまあ、看板猫だから、有限会社養老研究所の営業部長という肩書きになったんですな。でも、まる本人はそんな自覚まったくない。食べるか遊ぶか寝ているか。経済性ゼロだよ、あいつ（笑）。

（あいつはいつだってネコろんでる）

――まるは最近どんな様子ですか？

いつも同じですよ。大体寝ている。あいつはいつだってネコろんでる。比較的見晴らしいいところか、さもなければ一番静かなところにいます。でも、あんなにボーっとして気にしていないようで、結構敏感なんですよ。

そばに行ってじっと見ていたらわかりますよ。部屋なんかで寝てるじゃないですか。寝てるフリなのかな。入って行くとすぐに気がついて、こっちを見ますよ。見ていないけど、何かを感じるんでしょうね。

気配なのかな。物理の専門家に聞いたら、静電気とか軽い電波や磁場の変化を感じるんじゃないかって。人間もそういうふうに気配を感じることってあるでしょう。

庭の落ち葉掃除をしていると、まるが付き合ってくれることもあります。ああいう外働きなら、猫も理解できるんでしょうね。「何かやってるなあ、ボクもやろう」って。何も言わないのに、勝手に出てきて参加してるんです。動物でもわかる作業って、健康じゃないですか。健康増進法より健康的だと思いますよ。

気が向けば玄関の前で虫を追いかけるフリをして、猫ふうを装っていることもあります。でも、たまに動くと疲れるらしい。そうすると、縁側でうつぶせになってる。完全に平らになって、まるではなくヒラ。養老研究所の営業部長なのになあ。ヒラならなおさら働かないか（笑）。

――十四歳だから高齢ですよね？

ときどき足を痛そうにしていることがあって、そういう時は女房か娘が病院に連れて行きますね。低気圧だと関節が痛くなったりするんでしょう。今はまだ大丈夫かな。一応、私の調子と同じ程度だね。

スコティッシュフォールドは遺伝で先天的に関節に問題があることが多いし、歳のせいもあるから、まるも関節に相当ガタがきている。性格はずっと穏やかなんだけれど、遺伝病というのはそういう特徴もあるんです。

（老後のことなんて心配してもしかたがない）

――先生も老後のことを考えたりするんですか？

誰だって歳を取るんだから、そんなこと気に病んだってしかたがないでしょう。『遺言。』っていう本を出したけれど、本当の遺言なんて書いていないですし。虫の標本をどうするかくらいは決めておいたほうがいいのかもしれないけれど、でもそんなもの誰かが処分するんだよ。

もし要介護になったとしても、その時はその時でしょう。だって、その時に自分がどういう気持ちになるかわからないですからね。介護されたいのかされたくないのかわからないでしょう。そもそも、脳卒中でも起こして意識が怪しくなってしまったら、それすらわからなくなる。

——八十歳になって、人生を振り返ることは？

ありますよ。自分の一生ってなんだったんだろうなって思うでしょう。こんなもんどうせどっかでおしまいで、あとは消えてなくなるんだよなって思うじゃないですか。それで当たり前だよね。だけど、どこかで違う形で種みたいになって生まれ変わったら面白いだろうな、なんて思ったりもするんですよ。これ、ファンタジーでしょう。人ってそういう考えを持っているんですよ。だからハリー・ポッターが世界的に売れるんでしょう。それが人なんです。宗教だってそう。だから来世を言うんですよ。そういうことは、歳を取ったからわかるんです。

ファンタジーを持つのもまた人。信心はまた別。そう思ったほうがいいです。死んだらどの世界行こうかなって。

——高齢化社会でがんや認知症も問題になっています。

認知症の場合は脳のかなり広い範囲がやられる。全体がやられていると思ったほうがいいです。

脳卒中とかの場合は特定の場所がやられるんだけど。基本的には脳の新しい部分が先に壊れます。記憶も同じで、古いものほど壊れない。

認知症になるまでいくと、生存するしないはもう関係ないですよ。脳死の手前のほうですからね、生き物としては異常な状態なんです。死んでいてもおかしくないというか、こういう状況を想定していなかったんでしょうね。想定外がいろいろあるんですよ。特に日本は、高齢の人が増えて世界のトップじゃないですかね。

がんにしたって、今は早期発見すれば助かるって思われているでしょう。でも、私なんか、どのみち助かるものは助かるし助からないものは助からないよと思っていますから。

早期発見しても転移するようながんは悪性なので、どうしようもないんですよ。いくら早期発見したってだいたい間に合わない。そういう人は次のがんがまた発症しますから。私の場合は病院自体、行かないですけどね。

――少子化も国難だと言われていますが。

いいんじゃないですか。少しは人間が減ったほうがいいですよ。一人の人間の価値が高くなるから。すでに就職も完全雇用でしょう。それも人が減ったからですよ。仕事に困らなくなった。韓国

や中国なんて、大学を卒業しても就職難ですからね。

人口減少の最大の問題はGDPが下がることと、それによって、要するに安全保障が弱くなるということです。そうすると、軍備だってお金をかけられないし、外国から人が入ってくることを防げなくなってきます。

中国にいるより日本のほうが暮らしやすいとなれば、来るでしょう。コンビニに行ったらわかりますよ、すでに店員は中国人も多いでしょう。仲良くやっていけるなら、それでいいんじゃないですか。つまり、結局自分のところだけよくすることは、なかなかできないということですよ。

――これから私たちは、どうすればいいんでしょう？

だから、私がいつも言っているでしょう。田舎に行きなさいって。人口が減って、新天地となる場所がいくらもある。そういうところで、体を使って働けばいいんですよ。

みんな意識していないけれど、人間の体ってよく考えると地続きなんです。地続きというのはどういうことかというと、食べ物を食べると自分の体になるということですよ。もちろん、エネルギーにもなるけれど。

食べ物の由来を考えるとお米だったら田んぼから来るから、お米を食べると田んぼと地続きになる。魚を食べれば、海と地続き。そういう感覚を大事にしたほうがいい。

今の若い世代は、自殺も多いでしょう。人を殺してしまうケースもある。学校じゃ体験学習を積極的に取り入れていますが、まずは最初に生きていることを実感させるべきでしょう。生きてるから意味があるんでね。自殺したり人を殺してみたいなんて事件が起こるけど、死ぬ体験じゃ意味がないでしょう。その先がないんだから。取り返しのつかないことを体験されても困るんだよね。

〈虫はやめられない〉

――先生の本は文明批評としても高く評価されています。

自分の本に関して一番よく聞くのは、実は「読んだけれど、わかりませんでした」という感想なんです。私と読者の考えが根本的にずれているというよりは、普通の人は気づきたくないから、わからないふりをしているのかなと。

わかりたいけれどわかりたくないというのもあるかもしれませんね。覗《のぞ》きたくない。蓋《ふた》をしておけって。一所懸命やっているのに、何やってるんだろうなんて疑問を持ちたくない。私だって若い時にはそう思いましたよ。

たとえば、前線で鉄砲を撃っている兵士が「この戦争の意味は？」なんて考え出したら戦争なんかできないでしょう。だから、禁止されるんですよ。

学問ってそういうふうに元来は非常に危険なものなんです。だから象牙《ぞうげ》の塔だったんですよ。今は象牙の塔はだめだってことになっているでしょう。それは学問がいかに役に立つものに限られてきたかということを意味しているんですね。

ソクラテスが登場した時代に、ある意味戻ってきているんじゃないですかね。ソクラテスは、アテネの裁判で死刑を宣告されていますからね。理由は、アテネの若者の心を惑わすという理由で。学問というのは、うっかりするとそういう扱いになるでしょう。

この前も講演で「先生の本も読むし意見も合うんですけど、自分がそれで生きようとするといろいろ生きづらいんです」って言われて、「当たり前だよ。本当はあんたが悪いんじゃない、周りがおかしいんだ」って答えましたよ。

——先生は虫捕りでも有名ですよね。

子どもってみんな虫好きでしょう。私もそうだった。たくさん集めているうちに、違いを発見するのが楽しくなったんですね。なんでこんなに虫を集めているかといったら、同じ甲虫の仲間でも違いがあるから。その面白さが快感なんです。

昔、「違いがわかる男」ってキャッチコピーで有名になったインスタントコーヒーのコマーシャルがあったでしょう。あれ皮肉でしょう。お前ら本当にわかっているのかって。

昆虫もそうだけれど、自然の恐ろしいところは、どこまでいってもディテールが出てきちゃうということ。専門家がケンカしてるくらいですよ。いくらやっても終わりがないんだ。だけど面白いんですよ。やめられないんですよ、虫のディテールを見ていると。

虫の標本は鎌倉の自宅には置いていないんです。他の仕事ができなくなってしまうから、箱根の山荘に置いてあるんです。女房が使う茶室もあるから、まるもつれて行こうと思ったけれど、見張っていられないので諦《あきら》めました。

採集してきた虫を洗浄して、ヒーターで乾かしてから、顕微鏡で観察したり写真を撮ったり。ラベルを作って標本箱に入れたりと、そういう作業をしているんです。楽しいですよ。


——鎌倉の建長寺に虫塚を建てましたね。

高校の後輩に建築家の隈研吾《くまけんご》がいましてね、新国立競技場の設計担当が決まる前でしたから、彼に作ってもらったんです。最後はそこに、虫と一緒に入れてもらえればいいですな。

機嫌がいい時は書かなくていい

――いつもはご自宅でお仕事を？

そうですよ。気持ちよく書いている時は機嫌がいいんですけど、そんなことは十回に一回くらいしかない。だいたい怒っていますから。ものを書くとか考えるというのは、うまくいかないから考えるわけで、そうするとどうしても怒り気味になるじゃないですか。それがモチベーションになっているんですな。機嫌がいいと別に書かなくていいんだから。

最近は同年代が亡くなっていっているから、追悼文を書くことも多いんです。そうすると、どうしても裏に感情が入ってくる。

原稿を書いているとね、まるがやって来るんです。カリカリって音がするなと思ったらいるもんね。上手くニャーって言えないんですよ。「アッアッ」って鳴く。

餌をやって原稿書いていたら、また来て足りないって言う。それでまた缶詰をあげる。しばらくして、どこにいるのかなと思ったら、資料の上で寝ていたりする。まるとの生活はいつもそんな感じなんです。

まるとの生活で困るのは、朝方お腹が空くと寝ている私を無理矢理起こすこと。くっついて頭やら顔やら舐められたりするものだから、こっちは寝ていられない。しまいには「うるせえな」ってなっちゃって、起きて階下の台所まで餌を取りに行くはめになる。

そのうち、寝ぼけて階段を転げ落ちるかもしれないね。私が階段を降りている最中に、足元をウロチョロされて一緒に転げ落ちたら、アイツは平気だが、私は骨折だ。年寄りなんだから、入院してそのまま帰らぬ人になるぞ（笑）。

まるとの生活はいつもそんなあんばい。人に手間をかけさせるのが、ペットの仕事なのです。そう悟るしかありません。

［エッセイ］まるのこと

養老孟司

まるがうちに来たのは、十四年前らしい。年数はよく覚えていない。娘が十四年だというので、それを信用しているだけである。

前のネコが死んで、三年目。前にいたチロは存在感の強いネコだったから、簡単に次のネコを飼う気がしなかった。それに家内があまりネコ好きではない。でも娘がブリーダーでまるを見つけてきて、家内の外国旅行中に連れてきてしまった。幸い家内もまるが気に入ったらしい。

おっとりしたというか、鈍い性格で、食卓に載せても、ヒトの食べ物を食べようとしない。前のチロはすぐに食べたから、対照的である。口がきれいだというので、家内はそこが気に入ったという。

私はまるに餌をやるだけである。まるも覚えていて、腹がすくと私のところに来て餌をねだる。時間は関係がない。いちばん困るのは、夜中から早朝である。午前四時とか、六時とかに、寝室のドアをひっかく。そのうち開け方を覚えた。ドア・ノブに手をかけて、開けてしまう。次にベッドまで来て、爪をとぐ。それで私が起きないと、ベッドの上に乗ったり、頭の上を歩く。それでも頑張ると、顔をなめる。いまではもう、まるがドアをひっかいたら、すぐに起き出して、餌をやる。その方が結局は早いからである。ウルサイとか、あっち行けとか、言うのも面倒くさい。

あなたにとって、まるってなんですか。いまの人はそういうことをよく聞く癖がある。しょうがないから、モノサシですよ、と答える。なんのモノサシかって、生きることのモノサシである。必要なものを手に入れて、あとは寝ている。昼間は縁側に出て、外を見張っている。べつに変わったことは起きないけれど、それで十分なのだと思う。リスが来たり、近所の野良猫が来たり、たまにはハクビシンが来たりする。その程度の変化に気分の上だけで対応して、あとは寝るだけ。

これで十分じゃないか。東京から帰ってきて、そう感じる。まるも私の顔を見ると、横になったまま伸びをする。私も背中を伸ばして、それでお終《しま》い。おたがいに生きてますな。それを確認して言葉のない会話が終わる。

それ以上、なにか言うことがありますか。やかましい理屈を言わなくても、顔を見ていれば、それでいい。それがネコのいる生活のいいところじゃないかと思う。

NHK

ネコメンタリー

猫も、杓子《しゃくし》も。

「村山由佳ともみじ」

Eテレ

2017年10月9日放送

出演● 村山由佳、もみじ

朗読● 上野樹里
語り● 和久田麻由子

撮影● 星野伸男
編集● 佐藤英和
音響効果● 丸山善之

ディレクター● 寺越陽子
プロデューサー● 斎藤充崇
制作統括● 誉田朋子、丸山俊一

制作協力● 東北新社
制作● NHKエンタープライズ
制作・著作● NHK

特別編

「村山由佳ともみじ 軽井沢の日々よ永遠に」

BSプレミアム

2018年9月1日放送

出演● 村山由佳、もみじ

朗読● 上野樹里

撮影● 星野伸男
編集● 佐藤英和

ディレクター● 寺越陽子
プロデューサー● 斎藤充崇
制作統括● 田熊邦光、丸山俊一

制作協力● 東北新社
制作● NHKエンタープライズ
制作・著作● NHK

「角田光代とトト」

Eテレ

2017年3月30日放送

出演● 角田光代、トト

朗読● 戸田恵梨香
語り● 和久田麻由子

撮影● 星野伸男
映像技術● 瀧澤めぐみ
編集● 佐藤英和
音響効果● 丸山善之

ディレクター● 寺越陽子
プロデューサー● 斎藤充崇
制作統括● 田熊邦光、丸山俊一

制作協力● 東北新社
制作● NHKエンタープライズ
制作・著作● NHK

「吉田修一と金ちゃん銀ちゃん」

Eテレ

2017年10月2日放送

出演● 吉田修一、金太郎、銀太郎

朗読● 大沢たかお
語り● 和久田麻由子

撮影・編集● 佐藤英和
音響効果● 丸山善之

ディレクター● 寺越陽子
プロデューサー● 斎藤充崇
制作統括● 誉田朋子、丸山俊一

制作協力● 東北新社
制作● NHKエンタープライズ
制作・著作● NHK

「養老センセイとまる」
Eテレ
2017年3月26日放送

出演● 養老孟司、まる

朗読● 森山未來
語り● 和久田麻由子

撮影● 星野伸男
映像技術● 植田純平
編集● 佐藤英和
音響効果● 丸山善之

ディレクター● 寺越陽子
プロデューサー● 斎藤充崇
制作統括● 田熊邦光、丸山俊一

制作協力● 東北新社
制作● NHKエンタープライズ
制作・著作● NHK

特別編
「養老センセイとまる 鎌倉に暮らす」
BSプレミアム
2018年3月3日放送

出演● 養老孟司、まる

朗読● 松坂桃李

音楽● 山田裕太郎
写真提供● 養老研究所

撮影● 星野伸男
編集● 佐藤英和

ディレクター● 寺越陽子
プロデューサー● 斎藤充崇
制作統括● 誉田朋子、丸山俊一

制作協力● 東北新社
制作● NHKエンタープライズ
制作・著作● NHK

「柚月裕子とメルとピノ」
Eテレ
2018年8月13日放送

出演● 柚月裕子、メル、ピノ

朗読● 松岡茉優
語り● 守本奈実

撮影・編集● 佐藤英和
音声● 高梨智史

ディレクター● 寺越陽子
プロデューサー● 斎藤充崇
制作統括● 田熊邦光、丸山俊一

制作協力● 東北新社
制作● NHKエンタープライズ
制作・著作● NHK

「保坂和志とシロちゃん」
Eテレ
2018年8月6日放送

出演● 保坂和志、シロちゃん

朗読● 東出昌大
語り● 守本奈実

撮影・編集● 佐藤英和
音声● 高梨智史

ディレクター● 寺越陽子
プロデューサー● 斎藤充崇
制作統括● 田熊邦光、丸山俊一

制作協力● 東北新社
制作● NHKエンタープライズ
制作・著作● NHK

＊本書は、『ネコメンタリー　猫も、杓子《しゃくし》も。』（NHK）の撮影インタビューを元に、構成されたものです。

F I L E

吉田修一《よしだしゅういち》

1968年、長崎県生まれ。97年「最後の息子」で文學界新人賞を受賞し、デビュー。小説に、『パレード』(山本周五郎賞)、『パーク・ライフ』(芥川賞)、『悪人』(大佛次郎賞、毎日出版文化賞)、『横道世之介』(柴田錬三郎賞)、『国宝』のほか、愛猫金ちゃん・銀ちゃんについてのエッセイを収録した『最後に手にしたいもの』がある。

金(金太郎)

ベンガルのオス、7歳。錦糸町からやって来たのが名前の由来。好奇心旺盛で活動的、遊ぶのが大好き。相棒の銀ちゃんとよく追いかけっこをする。

銀(銀太郎)

スコティッシュフォールドのオス、7歳。銀座からやって来たのが名前の由来。おっとりした性格で、ブラッシング好き。マイブームは、バスタブでのおしっこ。

角田光代《かくたみつよ》

1967年、神奈川県生まれ。90年「幸福な遊戯」で海燕新人文学賞を受賞し、デビュー。小説に、『対岸の彼女』(直木賞)、『八日目の蟬』(中央公論文芸賞)、『紙の月』(柴田錬三郎賞)、『かなたの子』(泉鏡花文学賞)のほか、古典の現代語訳に『源氏物語』、愛猫トトについてのエッセイに『今日も一日きみを見てた』がある。

トト

アメリカンショートヘアのメス、7歳。漫画家・西原理恵子の家で生まれる。飲み会の「流れ」で家族の一員に。寛容で優しい性格だが、ちょっと暗くじっとりした一面もあり。好物は鶏のササミ。

P　R　O

銀次《ぎんじ》

メインクーンのオス、9歳。来る者拒まず的な懐の深さで、楓とサスケに好かれている。

サスケ

黒白のハチワレのオス、3歳。よく動き活発だが、極度のビビりで甘えん坊。

楓《かえで》

サビ色の三毛のメス、3歳。小柄でカワイイ系。スーパーの張り紙を見て引き取られる。サスケとは兄妹。

青磁《せいじ》

ラグドールのオス、9歳。碧眼の貴公子だが性格はやや屈折。レタスの外側の葉っぱが好物。

村山由佳《むらやまゆか》

1964年、東京都生まれ。93年『天使の卵　エンジェルス・エッグ』で小説すばる新人賞を受賞し、デビュー。小説に、『星々の舟』（直木賞）、『ダブル・ファンタジー』（中央公論文芸賞、島清恋愛文学賞、柴田錬三郎賞）、『ミルク・アンド・ハニー』『燃える波』『はつ恋』のほか、愛猫もみじについてのエッセイに『猫がいなけりゃ息もできない』がある。

もみじ

三毛のメス、17歳。生まれてからほぼ村山さんと一緒に過ごし、彼女の全てを知り尽くし、支え合った特別な存在。2018年3月22日、永眠。なおP74右上の村山さんが水やりをしている写真中央に写る木（猫型プランタの後ろ）は、もみじが亡くなったあとに植えられたモミジの木である。

F I L E

保坂和志《ほさかかずし》

1956年、山梨県生まれ。90年『プレーンソング』でデビュー。小説に、『草の上の朝食』(野間文芸新人賞)、『この人の閾（いき）』(芥川賞)、『季節の記憶』(平林たい子文学賞、谷崎潤一郎賞)、『カンバセイション・ピース』『未明の闘争』(野間文芸賞)、『ハレルヤ』(川端康成文学賞受賞作収録）のほか、絵本に『チャーちゃん』、エッセイに『猫の散歩道』などがある。

シロちゃん

白猫のメス、15歳。保坂家周辺を縄張りとする猫、マミーちゃんファミリーの一員。作家の寵愛を一身に受けるも、なかなか心を許さず。好物はホタテや「ちゅ〜る」。毎日姿を見せるが、24時間現れなかったことが15年間で2度だけあった。

柚月裕子《ゆづきゆうこ》

1968年、岩手県生まれ。2008年、『臨床真理』で「このミステリーがすごい!」大賞を受賞し、デビュー。小説に、『最後の証人』『検事の本懐』(大藪春彦賞)『検事の死命』『蟻の菜園―アントガーデン―』『パレートの誤算』『朽ちないサクラ』『ウツボカズラの甘い息』『孤狼の血』(日本推理作家協会賞)『慈雨』『盤上の向日葵』『凶犬の眼』などがある。

メル

ヒマラヤンのメス、7歳。おっとりとした性格。ゲラ刷りが大好きで、開封前の封筒に乗って仕事の邪魔をする。わりとツンデレな性格。

ピノ

チンチラゴールデンのメス、9歳。穏やかな性格で優しい。妹であるメルの面倒をよくみている。柚月さんにご飯を食べさせてもらうのが大好き。

養老孟司《ようろうたけし》

1937年、神奈川県生まれ。95年、東京大学医学部教授を退官し、現在、東京大学名誉教授。著書に、『唯脳論』『バカの壁』『死の壁』『遺言。』『半分生きて、半分死んでいる』など。愛猫まるについての本に、『うちのまる』『まる文庫』『そこのまる』『ねこバカ、いぬバカ』（共著）がある。最新刊は『猫も老人も、役立たずでけっこう』。

ディアホープ・まる

スコティッシュフォールドのオス、14歳。養老センセイの長女に「スカウト」され、家族の一員に。有限会社養老研究所営業部長。日課は、散歩と昼寝とご飯と仕事の邪魔。特技は「どすこい座り」。好物はマヨネーズ（ただし、センセイしかくれない）。

＊猫の年齢は初回放映時のものです。

NHK ネコメンタリー 猫も、杓子《しやくし》も。

もの書く人のかたわらには、いつも猫がいた

2019年3月20日 初版印刷
2019年3月30日 初版発行

著者 角田光代
保坂和志
村山由佳
柚月裕子
養老孟司
吉田修一

発行者 小野寺優

発行所 株式会社河出書房新社
〒151-0051
東京都渋谷区千駄ヶ谷2-32-2
電話 03-3404-1201(営業)
03-3404-8611(編集)
http://www.kawade.co.jp/

装丁・組版 Better Days

印刷・製本 凸版印刷株式会社

Printed in Japan
ISBN978-4-309-02783-8